No. 14 mai 1

I0657437

Ex Libris

Bornet

D . V . 27.

LETTRES

Sur l'Efprit

DE PATRIOTISME;

&c. &c.

E*

2493

2012 - 21177

LETTRES

Sur l'Esprit

DE PATRIOTISME,

Sur l'Idée

D'UN ROY PATRIOTE,

Et sur l'ÉTAT des PARTIS, qui divisoient l'*Angleterre*, lors de l'Avénement de GEORGES I.

OUVRAGE TRADUIT DE L'ANGLOIS.

(par le Marquis de Bussy) *Bolingbroke (Henry) H. John, Viscount Bolingbroke*

A LONDRES.

———————

M. DCC. L.

AVERTISSEMENT.

LEs Lettres suivantes furent écrites il y a quelques années, à la priere & en considération de quelques Amis particuliers, sans dessein de les rendre jamais publiques : le Manuscrit fut remis à un homme, à qui l'Auteur croyoit pouvoir se fier entierement ; il ne le lui confia, qu'après avoir exigé & reçû sa parole, qu'il ne le laisseroit jamais passer en d'autres mains, que celles de cinq ou six personnes qu'il lui nomma. Il demeura quelques années dans cette confiance, & quoiqu'il soupçonnât que ces Papiers avoient été communiqués à plus de personnes qu'il n'avoit eu intention qu'ils le fussent, il étoit retenu par des assurances réitérées, qu'aucune copie n'avoit passé en des mains inconnues. Mais à peine cet homme fut-il mort, que l'Auteur fut informé qu'on avoit fait de son Ouvrage une édition de 1500 exemplaires, que ce même homme avoit corrigé les épreuves, & qu'il les avoit laissées entre les mains de l'Imprimeur, pour être gardées en grand secret, jusqu'à nouvel ordre ; ce qu'il exécuta fidélement, car ce ne fut qu'après sa mort que l'édition parvint entre ses mains, à l'exception de quelques exemplaires que le dépositaire du

On trouveroit à peine un homme plus détaché du monde que l'Auteur de ces écrits, & plus indifférent sur la censure des hommes, n'ayant rien à craindre ni à espérer d'eux : ainsi il a pû ignorer dans sa retraite, qu'on avoit employé des fragmens de ses papiers pour grossir les Feuilles Hebdomadaires ; ou s'il en a été instruit, peut-être a-t-il négligé ou méprisé une telle hardiesse. Mais quelques-uns de ses amis ont pensé que c'étoit assez d'avoir éprouvé un si grand abus de sa confiance, sans permettre encore l'avantage qu'on prétendoit retirer de ses Lettres, qui, à la façon dont elles étoient défigurées & tronquées, étoient plûtôt l'Ouvrage d'un autre, que le sien. C'est pourquoi l'Editeur qui a entre ses mains la copie, exacte que l'Auteur s'étoit réservé, voyant qu'il étoit impossible d'empêcher que les copies infidelles ne fussent répandues, après avoir revû & corrigé l'original, s'est déterminé à le rendre public. L'Auteur ni l'Editeur n'ont aucun dessein d'offenser ceux qui vivent encore : mais l'Auteur n'a pû ni dû en aucune façon négliger ce que la vérité, l'honneur, & la justice, exigent de lui; il n'affecteroit pas non plus d'accuser les Ministres après leur mort, comme les Egyptiens en usoient autrefois, à l'égard de leurs Rois : aucune raison ne pour-

Manuscrit avoit retirés. Ce font fans doute ces exemplaires, qui depuis fa mort ont paffé de main en main affez publiquement; les autres furent brûlés, auffi-tôt que rendus, excepté un ou deux qui ne font jamais fortis des mains de l'Auteur. On voit par ces exemplaires, que la perfonne qui avoit eu affez peu de probité pour abufer de ce dépôt, avoit encore pris fur elle de divifer le fujet, d'altérer & même d'omettre plu-fieurs paffages, fuivant fon ca-price.

Ce qui aggrave extrêmement ce procédé, c'eft que l'Auteur lui avoit dit plufieurs fois, qu'il ne confentiroit jamais à la publication de cet Ouvrage, & qu'indépendamment d'autres raisons, il trouvoit qu'il avoit été écrit avec trop de chaleur & de précipitation, pour être rendu public; il ajoûta que quelques pensées demandoient d'être adoucies; que d'autres, peut-être trop foibles, vouloient être fortifiées, & qu'en tout, l'Ouvrage devoit être corrigé, dut-il même demeurer, ainsi qu'il le désiroit, entre les mains d'un petit nombre d'amis. Ces changemens ont été faits depuis; ainsi cette copie est au moins plus conforme aux intentions de l'Auteur, que celles qui avoient été répandues dans le monde, & même que le Manuscrit original.

roit l'y engager, puisque les Ministres peuvent être, & sont même
accusés pendant leur vie, sans
crainte, quoique communément
sans succès. Les Anecdotes rap-
portées dans ces Lettres sont vrayes.
L'Auteur ne les auroit pas avancées, s'il n'en avoit pas connu la
vérité, & il ne se seroit pas permis les réflexions qu'elles ont fait
naître, s'il ne les avoit pas crues
justes; si elles étoient vraies &
justes alors, elles doivent toûjours
l'être. L'Auteur pense donc qu'il
est indigne de lui de les désavouer,
& l'Editeur ne se croit pas obligé
de s'excuser de les rendre publiques.

LETTRE

PREMIERE

SUR

L'ESPRIT

DE

PATRIOTISME.

Vous m'avez engagé, Milord, à traiter un sujet qui interrompt le cours ordinaire des Lettres que je vous écrivois. Ce sujet, je l'avoue, m'a toujours fortement intéressé ; c'est pourquoi, je tâcherai de l'aprofondir ; & je ne rougirai point de raisonner sur des principes rejettés par ces hommes, qui,

A

n'ayant d'autre objet en fervant le Public, que celui de nourrir leur vanité,
leur avarice & leur luxe, ont étouffé jufqu'à l'idée de ce qu'ils doivent à Dieu,
& aux hommes.

Il me femble, que pour porter le fyftême moral du monde à un point fort
au-deffous de la perfection idéale, (car
nous fommes capables de concevoir ce
qu'il nous eft impoffible d'atteindre) mais
cependant à un degré fuffifant pour nous
conftituer un état heureux, tranquille,
ou du moins fuportable; il me femble,
dis-je, qu'afin de remplir ce projet, l'Auteur de la Nature a placé de tems en
tems dans les différentes fociétés un très-
petit nombre de génies doués d'une
portion de lumiére fupérieure à celle
qu'il départ aux autres hommes, dans le
cours ordinaire de fa Providence. Ces génies, renfermant en eux prefque toute
la raifon de l'efpéce humaine, font nés
pour inftruire, pour guider, & pour conferver les hommes; ils font deftinés à

être leurs tuteurs & leurs protecteurs.
Quand ils se montrent tels, ils nous donnent l'exemple de la plus haute vertu
& de la vraie religion, & méritent d'ê-
tre solemnisés plûtôt que cette troupe
d'*Anachoretes* & d'*Enthousiastes*, qui
remplissent & deshonorent le Calen-
drier. Mais lorsque ces génies font un
autre usage de leurs talens; lorsque par
un desir aveugle d'être grands, ils dédai-
gnent d'être bons, ils commettent la plus
grande faute contre l'ordre, pervertis-
sent les moyens, s'opposent, autant qu'il
est en eux, aux desseins de la Providence,
& troublent en quelque façon le systême de la Sagesse infinie. Faire un mauvais usage de ses talens, c'est le plus grand
des crimes par sa nature, & par ses conséquences; c'en est un aussi de ne les pas
employer.

Jettez les yeux, Milord, depuis le Palais des Rois, jusqu'aux plus petits ha-
meaux, vous trouverez que les hommes
font faits pour respirer l'air de cet At-

mofphére , pour errer au-tour de ce globe, & pour confumer, ainfi que les Courtifans d'Alcinoüs, les fruits que produit la terre. *Nos numerus fumus , & fruges confumere nati.* Lorfqu'ils ont joué ee rôle infipide, pendant un certain nombre d'années, & qu'ils ont produit d'autres hommes pour fuivre leurs traces, ils ont vêcu. Quand ils ont rempli communément le devoir moral & ordinaire de la vie , ils ont fatisfait à leur deftination. Jettez enfuite les yeux fur vous, Milord, pénétrez jufqu'au fond de votre ame, vous verrez qu'il y a des hommes fupérieurs , qui montrent même dès leur enfance (quoique cela ne foit pas toujours apperçu par les autres, ni peut-être fenti par eux-mêmes) qu'ils font nés pour quelque chofe de plus grand , & de meilleur. C'eft à ces hommes que le rôle dont je parle eft affigné ; leurs talens marquent leur deftination générale , & les occafions de s'y conformer, qui naiffent des événemens ou des circonftances , foit de

rang, ou de fituation dans la fociété où ils
font attachés, décelent leur vocation particuliere, à laquelle il ne leur eft pas permis
de réfifter, & qu'ils ne peuvent pas même
négliger. Je penfe que la durée de la vie de
ces hommes fameux doit être mefurée
par la grandenr & l'importance des rôles
qu'ils ont joués, & non par le nombre
des années qu'ils ont vêcu. Que la piéce
foit de trois Actes ou de cinq, le rôle
peut être grand ; & l'on peut dire de celui qui l'aura rempli, qu'il a vêcu de
longues années, tandis qu'on retranche-
ra une partie des jours de celui qui n'aura pas fçu le foutenir.

Je me fuis quelquefois repréfenté ce
vulgaire, que le hafard a diftingué par les
titres de Rois & de Sujets, de Seigneurs
& de Vaffaux, de Nobles & de Payfans :
J'ai confidéré enfuite le petit nombre de
ceux que la Nature a fi effentiellement
diftingués du commun des hommes, &
qui (figure à part) femblent être d'une
efpéce différente. Les uns viennent dans

ce monde, & y vivent comme des *Voya-*
geurs Hollandois ; tout ce qu'ils rencon-
trent a pour eux le charme de la nou-
veauté ; ils admirent également tout ce
qu'ils voyent pour la premiere fois. Ils
passent d'un objet à un autre ; poussés
d'une vaine curiosité, & d'un plaisir frivole, ils perdent le tems en occupations
futiles, & leur vie & leur mort seroient
également ignorées, si le caprice ou les
circonstances ne les avoient élevés à des
places, où leur incapacité, leurs vices,
& leur folie ont fait le malheur public.
Les autres, c'est-à-dire, ces hommes favorisés de la Nature, viennent dans le
monde, ou du moins y paroissent, après
avoir éprouvé les premieres erreurs que
cause le défaut d'expérience, comme des
génies destinés aux emplois les plus importans, ils observent avec discernement,
& admirent avec connoissance. Ils peuvent jouir des plaisirs ; mais ils ne donnent
pas leur attention à des puérilités : le
soin de leurs amusemens ne fait point

l'essentiel de leur vie. De tels hommes ne peuvent vivre ignorés ; s'ils se retirent du monde, leur splendeur les accompagne, & éclaire même l'obscurité de leur retraite ; s'ils prennent part aux affaires publiques, les effets n'en sont jamais indifférens ; ils paroissent quelquefois les ministres de la vengeance divine, leur passage est marqué par la désolation, l'oppression, la misére & la servitude, ou ils sont les Anges tutélaires du pays qu'ils habitent, soigneux d'y entretenir la paix & l'abondance, d'en détourner les maux les plus éloignés, & d'y maintenir le premier des biens, la liberté.

De ce que la supériorité des talens produit souvent de grands malheurs, on n'en doit rien conclure contre la vérité que j'entreprends d'établir : la raison cherche à reconnoître l'intention de Dieu dans la nature des choses ; mais le pouvoir divin ne nous contraint point nécessairement à nous soumettre à sa volonté. Si des talens supérieurs sont employés au mal, il n'en étoient pas moins donnés pour le bien des hommes. La raison ne nous trompe point, nous nous trompons nous mêmes: nous souffrons que d'autres motifs déterminent notre volonté. » L'homme se pipe, dit *Montagne*, » *Blanda conciliatrix & quasi lœna sui.* Celui qui considére le besoin général, les imperfections & les vices des hommes, doit convenir qu'ils sont faits, non-seulement pour vivre en société, mais pour s'unir en République, & se soumettre aux Loix: *Legum idcirco omnes servi sumus, ut liberi esse possimus.* Cependant le même homme, séduit par ses passions, ou par les passions & les exemples des autres, agira comme s'il pensoit absolument le contraire. C'est ainsi que celui qui se reconnoît d'assez grands talens pour augmenter les avantages de la Société, en conservant la République dans sa force & dans sa splendeur, poura se laisser séduire au point d'agir, comme s'il pensoit que ses talens ne lui sont don-

nés que pour satisfaire son ambition &
ses autres passions, & qu'il n'y a d'autre
différence entre le vice & la vertu, entre
un honnête homme & un fripon, que
celle qu'y trouvoit un Prince, qui prétendoit que les hommes d'esprit devoient
être des fripons, & qu'ils n'y avoit que
les sots qui fussent honnêtes gens. La vérité ne peut être altérée par de semblables exemples de la fragilité humaine;
la raison nous démontrera toujours que
dans l'ordre de la nature, les hommes
sont destinés à être gouvernés, & que
quelques uns d'entr'eux sont désignés
d'une façon particuliere, pour veiller sur
ce gouvernement dont dépend le bonheur public.

L'utilité que la raison doit faire tirer de
tels exemples, sera seulement celle-ci; que
puisque tous les hommes, dans quelque
situation de la vie qu'ils soient, & quelque
degré d'entendement qu'ils ayent, sont
sujets à agir contre leur vrai intérêt &
leur devoir, sans égard au bien général

& à la volonté divine : ceux qui ont à cœur la chofe publique , ne font que plus obligés d'employer tous les moyens que la nature du gouvernement peut leur fournir , & de fe fervir des avantages que leur donnent le rang , les circonftances & la fupériorité des talens pour s'oppofer au mauvais gouvernement , en procurer un bon , & contribuer à conferver le fyftême moral du monde , au moins dans ce point d'imperfection , qui femble lui avoir été prefcrit par le Créateur de tous les êtres.

Jettons les yeux , Milord , fur l'Angleterre , & appliquons ce que j'ai dit à l'état préfent de la *Grande Bretagne*. J'avouerai que nous ne poffédons pas beaucoup de génies fupérieurs; mais je penfe que les plaintes qu'on fait à ce fujet ne font pas fondées; la nature en produifant des hommes d'Etat, n'a pas été plus avare pour notre fiécle que pour les premiers âges. Les mœurs de nos ancêtres étoient à plufieurs égards, meilleures que les nôtres; ils avoient peut-être plus de probité, & certainement ils montroient plus d'honneur & de plus grands talens. La nature seme également, nous ne recueillons pas de même : il y a eu, & il y aura toujours dans le gouvernement des hommes tels que je les ai peints ; mais la fortune entretient une espece de rivalité avec la sagesse, & se décide souvent en faveur des sots & des fripons. »Quoique personne ne voulut, disoit » Socrate, entreprendre un métier sans »l'avoir appris, fût-ce même le plus ab- » ject, cependant chacun se croit capa- » ble du plus difficile de tous, celui de »gouverner ». Il parloit ainsi d'après ce qu'il voyoit en Grece ; & il ne changeroit pas de sentiment, s'il vivoit aujourd'hui en *Angleterre* : cependant de tels caracteres feroient peu de mal, ou n'en feroient pas long-tems, s'ils n'étoient point soutenus. Il faut pour causer de grands maux, avoir quelque génie, quelque connoissance, en un mot quelques talens, soit naturels, soit acquis ; il en faut à la vérité moins & beaucoup moins que pour faire le bien ; mais encore en faut-il.

Je n'imagine pas que le plus méchant Miniftre puiffe être l'Auteur de tous les malheurs qu'il caufe par le feul mauvais ufage qu'il fait de fes talens ; des hommes plus éclairés fe joignent à lui, l'infuffi-fance, la foibleffe & l'inconftance de ceux qui lui font oppofés, le peu de foin que les hommes prennent pour acquerir des con-noiffances, & pour perfectionner les talens que Dieu leur a donnés pour le bien pu-blic, font les grandes fources du malheur des Nations. Il y a eu des monftres dans d'autres âges & dans d'autres pays ; mais les maux qu'ils ont faits n'ont pas été de longue durée, lorfqu'on a eu des Hé-ros à leur oppofer. Suppofons un hom-me imprudent, préfomptueux, infolent, débauché ; il peut corrompre, mais il ne peut féduire ; il peut acheter, mais il ne peut gagner ; il peut mentir, mais il ne peut tromper. D'où naît donc fa force ? De la corruption générale du peuple, por-

tée au plus haut période, fous fon adminiftration, de la vénalité des rangs, &
de tous les ordres, de l'avilliffement des
hommes, dont quelques-uns font tombés dans une fi honteufe proftitution,
qu'ils fe mettent en vente avant qu'on
penfe à les acheter. La corruption, quoique réduite en fyftême, quoique quelques Miniftres, avec autant d'impudence
que de folie, l'avouent pour être le principal reffort de leur gouvernement & de
leur politiqne, ne s'étendroit pas avec
tant de fuccès, fi une longue & infen-
fible progreffion des caufes & des effets,
n'avoit préparé les événemens. Je vais
m'expliquer.

Un parti pendant plufieurs années,
s'eft appliqué uniquement à s'enrichir &
à appauvrir la nation, afin d'établir par
ce moyen fa domination fous le regne & par la faveur d'une famille étrangere qu'on doit croire n'avoir été élevée
fur le thrône que par les foins & la
force de ce feul parti. Il étoit en géné-

ral fi préoccupé de fes vûes (& je crains
que bien des gens ne le foient encore)
qu'il ne fentoit pas les conféquences
qu'entraînoit fa conduite ; il ne confidé-
roit pas que le pouvoir qu'il élevoit, &
par lequel il efpéroit de gouverner, le
régiroit avec la même verge de fer qu'il
forgeoit, & que ce feroit bien-tôt l'autorité d'un Prince ou d'un Miniftre qui
gouverneroit, & non celle d'un parti.

Un autre parti conferva fa mauvaife
humeur, fon opiniâtreté, & demeura
dans l'inaction, avec un jugement fi
foible, & des paffions fi fortes, que
l'expérience, même quoique très-dure,
lui fut infructueufe. Il étoit comme les
Juifs qui attendent un *Meffie*, qui peut-
être ne viendra jamais ; & dont la vé-
nue même les tromperoit fingulierement
fur la gloire, le triomphe & l'empire
univerfel qu'ils en attendent. Le parti fut reprouvé ainfi qu'eux, & regardé comme une race profcrite. Tous
les efprits indifférens demeurerent dans

l'étonnement , & ceux qui furent jaloux de la Cour , le furent encore plus les uns des autres. Il n'étoit donc pas aifé de raffembler une force fuffifante pour oppofer aux mauvais Miniftres. Lorfque cette force fut formée , & que l'infuffifance ou l'iniquité de l'adminiftration , fut continuellement expofée à la vûe du public , plufieurs furent gagnés par le Miniftre ; d'autres ne connoiffant rien à la conftitution de leurs pays, ni à l'hiftoire des autres nations , fe laifferent féduire ; ils s'imaginerent follement que les chofes avoient toujours été telles qu'ils les voyoient , & que la liberté, qui s'étoit confervée dans des tems corrompus, pourroit bien encore fe maintenir dans la même corruption. Il y en eut d'affez foibles pour être réellement effrayés ; d'autres font affez hypocrites pour feindre d'être encore allarmés , des noms de *Thoris* & de *Jacobites* , ridicule toujours donné à ceux, qui ne fléchiffent point les genoux, devant le Simulacre d'airain que

le Roi a fait élever. Quelques-uns fe per-
fuaderent qu'on ne feroit aucun mauvais ufage de ce pouvoir , acquis par la
corruption; & des hommes de génie ont
pû , & peuvent encore fe flater que fi jamais on employoit l'autorité pour des
projets dangereux, ils auroient toujours le
tems & les moyens d'en arrêter les effets.
Les premiers font fubjugués par leur
ignorance. Si les feconds ne font pas
des hypocrites, ils font entraînés par leurs
préjugés. Les troifiémes, le font par leur
partialité , & leur confiance aveugle. Les
derniers par leur préfomption , & tous
généralement, par leur injuftice & leurs
intérêts perfonnels , qu'ils s'efforcent de
pallier & de concilier, autant qu'ils le peuvent , avec le bien public , *& cœca cupi-
ditate corrupti , non intelligunt fe , dum
vendunt , & vœnire.*

D'après ces obfervations , vous con-
viendrez , Milord , que notre infortuné
pays peut fervir de preuve à tout ce que
j'avance. Lorfque par caprice ou par d'autres

tres voyès, ce *Voyageur Hollandois*, que
j'ai fuppofé au niveau, & même au-deffous du commun des hommes, eft revêtu de l'autorité, il ne peut faire dans un
pays de liberté, que des maux légers &
de peu de durée, à moins que des génies éclairés & expérimentés ne méfufent
de leurs talens, & ne lui fervent de gui-
des. Une faction de Miniftre auroit auffi peu d'habilité pour faire le mal, qu'elle
a peu d'inclination pour faire le bien, fi
elle n'étoit formée & conduite par des
gens d'un talent fupérieur ; & un tel
Miniftre, à la tête de fa phalange, ne feroit pas capable de tenir fon pays fous
une tyrannie ignominieufe, fi des hommes plus éclairés & beaucoup plus diftingués que lui, au lieu d'employer
leur éloquence, leur fçavoir, leur expérience, & leur autorité, à corriger le gouvernement, & à conferver la conftitution de l'Etat, ne faifoient un vil & cri-
minel abus de leurs talens, en les employant à couvrir l'ignorance, à déguifer

la folie, à cacher, & même à juftifier, la fraude & la corruption.

Ce n'eft pas tout, Milord, confultons l'expérience ; nous verrons que cette cabale feule, ne feroit pas capable de maintenir l'autorité dans les plus foibles & les plus mauvaifes mains du Royaume, fi en même tems qu'il y a d'un côté un injufte abus des talens, il n'y avoit pas de l'autre une négligence, & une foibleffe impardonnable.

Plus les grands génies s'occupent de la deftruction de l'Etat, ou en négligent la défenfe, plus la confervation en eft difficile. Mais fi les principes fur lefquels je raifonne font vrais, le devoir croît avec les difficultés : ce n'eft pas affez dans des circonftances auffi urgentes, d'oppofer le génie au génie, il faut que l'activité égale l'activité ; ceux qui cherchent à détruire, font d'abord animés par l'amour du pouvoir & de l'argent ; la crainte les porte enfuite à tout hafarder. Il faut donc leur oppofer des génies capables de

combattre l'ambition, l'avarice, & même le défefpoir ; des hommes qui fça-
chent lutter contre ces paffions, lorfqu'elles font favorifées & fortifiées par
la foibleffe de la Nation, & par la force
du gouvernement. Dans de telles circonftances, il y auroit peu de différence, entre s'oppofer foiblement, & ne s'oppofer
point du tout. Les entreprifes foibles &
mal foutenues ont même fouvent des
conféquences plus dangereufes que le fi-
lence, & la tranquillité. C'eft une vérité,
dont je fouhaite vivement que notre pays
ne foit pas la preuve ; il eft à craindre
qu'on n'y entreprenne des oppofitions
non par *devoir*, mais comme une *avan-
ture*, & que ceux qui les formeront, ne
fe regardent plûtôt comme des Partifans,
que comme des Citoyens.

Il y a peu d'années que non-feulement
lesCommerçans, mais laNation prit feu fur
le projet d'une nouvelle accife. On s'y op-
pofa, non fur des confidérations & des intérêts uniquement relatifs au commerce ;

mais parce qu'elle attaquoit les vrais principes de la liberté. L'oppofition fut foutenue pendant quelque tems dans le Parlement avec affez de vigueur; mais il y avoit fi peu de difpofitions pour augmenter & diriger le feu des efprits, que le principal objet de ceux qui en étoient les chefs, fut toujours de l'éteindre : cependant vous vous fouvenez, Milord, avec quelle violence ce feu continua contre l'Auteur du projet, jufqu'à ce qu'il fût calmé, un moment avant l'Election du nouveau Parlement, par l'indolence & l'inactivité de la derniere Affemblée de celui qui le précédoit; mais en fe conduifant ainfi, ces amis du bien public fe font autant trompés dans leur morale, que l'événement prouvera qu'ils l'ont été dans leur politique.

Servir fon pays, n'eft point un devoir chymérique, c'eft une obligation réelle. Tout homme qui conviendra, qu'il y a des devoirs tirés de la conftitution de la nature, du bien & du mal moral des

chofes, reconnoîtra celui qui nous obli-
ge à faire le bien de la Patrie, ou fera
réduit à la plus abfurde inconféquence.
Quand il eft une fois convenu de ce devoir, il n'eft pas difficile de lui démontrer qu'il eft proportionné aux moyens,
& aux occafions qu'on a de le remplir,
& que rien ne peut acquitter de ce qu'on
doit à la Patrie, tant qu'elle a befoin de
nous, & que nous pouvons la fervir. Il
eft poffible que les obligations où nous
entraîne le fervice public, deviennent
pour certaines perfonnes, des engagemens pour la vie: mais feroit-ce une raifon pour s'y refufer ? Non, ç'en doit être
une pour les connoître, les accomplir,
& rendre grace à l'Etre fuprême, qui
nous a rendus capables de jouer un rôle
fi grand, & fi utile aux hommes. Des
talens fupérieurs, & des rangs diftingués
font parmi nous de nobles prérogatives,
foit qu'on les tiennent de la naiffance,
des circonftances, ou du fuccès de fes
propres foins. Celui qui les poffede, pour-

B iij

roit-il fe. repentir des devoirs où il s'eft engagé, & fe plaindre de paffer fa vie dans la plus noble occupation dont la Nature humaine foit capable. A quel rang plus élevé, à quelle gloire plus grande, un mortel peut - il afpirer ? qu'à celle d'être pendant le cours de fa vie, le foutien des bons gouvernemens, le fleau des mauvais, & le gardien de la liberté publique. Que la tyrannie, que la perte de la fanté, que l'affoibliffement des talens, que la force des accidens, nous faffent perdre nos biens & nos rangs, notre chûte n'eft digne que de compaffion, & ne peut nous deshonorer. Mais nous dégrader nous-mêmes, mais defcendre volontairement, & par choix, du rang le plus élevé, au plus bas, abandonner le gouvernement des hommes, pour celui des chiens & des chevaux, négliger le foin d'un Royaume, pour celui d'une Paroiffe, renoncer à des occupations nobles & grandes, pour fe livrer à des amufemens futiles, à la baffeffe &

à la fainéantife ; qu'eft-ce qu'une telle vie, Milord ? prononcez ; j'aime mieux que vous le difiez que moi.

On auroit tort de dire, qu'il eft injufte d'exiger que quelques hommes renoncent à tous les plaifirs de la vie, & paffent leurs jours dans le travail, tandis que les autres donneront les leurs, aux amufemens & à la diffipation. Une vie confacrée au fervice de la Patrie, admet l'ufage des plaifirs, & aucun autre état n'en permet l'abus ; les moindres ne font pas incompatibles avec les devoirs publics. Les plus grands, naiffent de la fatis-faction de les avoir remplis. Les plaifirs fenfuels aufquels la Nature nous porte, que la raifon par conféquent ne défend point, qu'elle conduit & qu'elle dirige, font fi peu exclus d'une vie occupée, que quelquefois ils lui font néceffaires. Les plai-firs mêmes en ont plus de vivacité, lorf-qu'ils fuccédent au travail, & aux affai-res. Ceux de la table, par exemple, peu-vent être ménagés, pour augmenter ce

que *Caton* le Cenſeur appelle, *vitæ conjunc-
tionem*. Accablé de vieilleſſe, dans le ſein
des devoirs publics, & des études parti-
culiéres, il trouvoit le tems de fréquen-
ter les Aſſemblées des vrais Citoyens de
Rome, & de faire dans ſa Maiſon de Campagne des ſoupers longs & agréables avec
ſes Amis ; le vin rechauffa ſouvent ſa
vertu, & l'amour des femmes n'empê-
cha pas *Céſar* de former, & d'exécuter
le plus grand projet, que l'ambition ait
jamais inſpiré. Mais ſi *Céſar* travaillant
à détruire la liberté de ſon Pays, jouiſ-
ſoit de ces plaiſirs, qui pouvoient lui être
communs, avec tous ceux qui s'oppo-
ſoient à ſes deſſeins, il y a des plaiſirs
plus vrais dans une vie occupée, que
Céſar ne connut jamais, ni *Montagne*,
en écrivant ſes eſſais, ni *Deſcartes*, en bâ-
tiſſant de nouveaux mondes, ni *Burnet*,
en formant une Terre avant le déluge,
ni *Newton* même, en découvrant & en
établiſſant ſur des expériences, & ſur la
plus ſublime Géométrie, les véritables

loix de la Nature, ne fentirent pas plus
de plaifirs intellectuels que n'en goute
un véritable *Patriote*, qui tend toutes
les forces de fon entendement, & dirige toutes fes penfées, & fes actions au
bien de fon pays. Quand un tel homme
forme un plan politique, & qu'il fçait
réunir pour un grand & bon deffein, les
parties qui femblent les plus indépendan-
tes; fon imagination eft auffi tranfpor-
tée; il eft auffi abforbé dans la médita-
tion, & s'y livre avec autant d'ardeur
& de plaifir, que ces génies, que je
viens de nommer. La fatisfaction qu'il
tire de l'importance des objets aux-
quels il s'applique eft infinie; c'eft ici où
fe bornent les plaifirs, & le travail du
Philofophe fpéculatif; mais ceux de
l'homme d'Etat vont plus loin; en exé-
cutant le plan qu'il a formé, fon travail
& fes plaifirs continuent, s'augmentent
& fe varient. L'exécution, il eft vrai, en
eft fouvent traverfée par des circonftances imprévûes, par la perverfité, & la

perfidie de ſes faux amis, par le pouvoir
& la malice de ſes ennemis ; mais ces
obſtacles, ne ſervent qu'à nous animer,
& la fidélité de quelques hommes dédommage de la fauſſeté des autres. Lorſqu'un
grand événement eſt près d'éclôre, l'action échauffe, & ce mêlange d'eſpérance & de crainte, qui tient l'eſprit en ſuſ-
pens, porte dans l'ame une agitation qui
n'eſt pas ſans plaiſir. Si le ſuccès lui eſt
favorable, il jouira d'une ſatisfaction
proportionnée au bien qu'il aura fait ;
il goûtera un plaiſir ſemblable à celui
qu'on attribue à la Divinité, à la vûe
de ſes ouvrages. Si le ſuccès lui eſt contraire, ſi la tyrannie de la Cour, & les
partis opprimans viennent à prévaloir,
il aura toujours pour ſoutenir ſon courage, & adoucir ſon ame, le témoignage de ſa conſcience, & la jouiſſance de
l'honneur qu'il s'eſt acquis. Quoique les
affaires d'Etat ſoient pour ceux qui s'en
mêlent, une eſpéce de Lotterie, c'en eſt
une, où l'homme de bien ne ſçauroit per-

dre. Il est vrai qu'il peut être blâmé, au lieu d'être applaudi, & qu'il peut éprouver bien des injustices. Je ne dirai pas, comme *Séneque*, que le plus beau spectacle que Dieu puisse contempler, est un homme vertueux, maltraité, & souffrant avec courage ; mais je dirai que *Caton*, chassé du *Forum*, & traîné en prison ressentit intérieurement plus de plaisir, & conserva plus de dignité, que ceux qui l'insultoient, & triomphoient sur les ruines de leur Patrie.

On m'objectera peut-être l'exemple même de *Caton*. On peut me demander de quelle utilité il fut à Rome, en consacrant sa vie à son service ? Quel honneur il acquit en mourant à *Utique* ? On peut dire que les gouvernemens ont leur période, comme toutes les choses humaines, qu'ils peuvent pendant un certain tems être ramenés à leurs premiers principes ; mais que ces principes étant une fois effacés de l'esprit des hommes, on entreprendroit vainement de les faire revivre , que ceci eſt le cas de tous les gouvernemens , que lorſque la corruption du Peuple eſt extrême & univerſelle ; un Etat reſſemble à un vieux bâtiment qui tombe en ruine , & qui malgré de fréquentes réparations , non-ſeulement s'ébranle , mais croûle juſques dans ſes fondemens ; alors tout ce qui l'habite , cherche un azile ailleurs ; il n'y a que les foux , qui en s'efforçant de réparer ce qui eſt irréparable , ſont écraſés ſous les ruines. Nous devons , dira-t'on , nous contenter de vivre ſous la forme de gouvernement que nous aimons le moins , lorſque celle que nous déſirerions le plus eſt détruite. Ainſi parle *Dolabella* , dans une de ſes Lettres à *Ciceron*.

Mais ſi *Caton* ne put ſauver la liberté de *Rome* , il en prolongea du moins la durée. La République auroit été renverſée , lorſqu'elle fut attaquée par Catilina , ſoutenu par *Céſar* , *Craſſus* , & les plus mauvais Citoyens de *Rome* , ſi elle n'avoit été défendue par *Ciceron* , ſou-

tenu de *Caton*, & des meilleurs Patriotes. Il eft certain que *Caton* fe trompa,
en laiffant trop éclater la dureté de fon
caractére ; il eut trop de févérité pour les
mœurs de *Rome*, où le luxe avoit déja prévalu , & qui depuis long-tems étoit
abandonnée à la corruption ; il étoit incapable d'employer ce liant, qui peut s'u-
nir au caractére le plus ferme , & il a traité mal-adroitement un corps ufé. Dans
cette circonftance critique , le falut de la
République dépendoit de la réunion des
Sénateurs & des *Chevaliers*. *Ciceron* l'avoit
formée , & *Caton* la rompit. Mais fi ce
Citoyen bon & vertueux , car je ne penfe
pas que ce fût un habile homme , fe trompa dans les circonftances particulieres
que je viens de rapporter , il a certainement mérité la gloire qu'il s'eft acquife
par la fermeté de fa conduite, en con-
facrant tous les momens de fa vie au fervice de fa Patrie : il auroit été plus digne
de louanges , s'il avoit perfifté jufqu'à la
fin à en défendre la liberté ; & je crois que

ſa mort eût été plus belle à *Munda* qu'à *Utique*. Si cela eſt ainſi, ſi l'on peut avec ſévérité, mais avec juſtice, cenſurer la conduite de *Caton*, pour avoir abandonné la défenſe de la liberté, à laquelle cependant il ne voulut pas ſurvivre, que dirons-nous de ceux qui l'entreprennent foiblement, la pourſuivent avec irréſolution, y renoncent, lorſqu'ils ont le plus d'eſpérance de réuſſir, & l'abandonnent, lorſqu'ils n'ont rien à redouter.

Milord, j'ai vivement inſiſté ſur les devoirs des hommes à l'égard de leur pays; parce que je ſuis né Anglois, & que je conſerve toujours pour ma patrie le même attachement que j'avois pour elle, lorſque je l'habitois. Depuis la révolution arrivée en 1688. notre gouvernement s'eſt plus que jamais rapproché de ſes vrais principes, & l'avenement de la maiſon d'Hanover au thrône, a donné la plus belle occaſion & les plus juſtes raiſons, pour remplir le plan de la liberté, & le porter à ſa perfection. Mais il me

semble que dans notre Isle , l'attachement pour la liberté s'est détruit , à mesure
que les moyens de la conserver & de la
défendre se sont accrûs.

J'ai remarqué , lorsque j'étois parmi
vous , plus de bassesse dans les mœurs &
dans la conduite des particuliers que je
n'en ai vû en France. J'ose vous défier,
Milord, & je suis faché de le pouvoir,
de produire dans le même espace de tems
aucun exemple de résistance à des de-
mandes injustes , ou à une volonté extravagante de la Cour , comparable à ceux
que je puis vous citer pour l'honneur
des Parlemens de France : cette servitude doit paroître plus surprenante en *Angleterre* que par tout ailleurs ; parce que
le gouvernement de la Grande Bretagne
a quelque apparence de l'Oligarchie , &
que la Monarchie y est plus voilée qu'os-
tensible , plus affoiblie que fortifiée,
plus dependante, qu'absolue. Il est donc
bien étonnant que l'imagination & la
coutume ayent rendu ces cabales, ou

cette Oligarchie plus refpectée que la Majefté même , cela n'eft pas furprenant dans un pays , où les Princes qui ont un pouvoir abfolu, peuvent être des tyrans, ou en fubftituer d'autres : il y en a mille exemple ; mais cette tyrannie doit-elle s'établir en *Angleterre* ? Dans les autres pays le peuple a perdu l'armure de faconftitution ; il eft nud & fans défenfe ; mais nous, en confervant nos armes, nous avons perdu le courage,& nous fouffrons aujourd'hui des Miniftres, ce que nos peres n'auroient pas enduré des Rois.

Les Parlemens ne font pas feulement ce qu'ils ont toujours été, parties effentielles de notre conftitution , ils font auffi parties néceffaires de notre adminiftration. Ils ne doivent pas à la vérité prétendre à la puiffance exécutrice ; mais la puiffance exécutrice ne peut pas s'exercer fans leur participation annuelle. Les Princes & les Miniftres ont aujourd'hui pour agir fans infpection & fans contrôle, moins de mois qu'autrefois, ils n'avoient n'avoient d'années. Il eſt donc facile d'arrêter le mal dans ſa ſource, de changer une mauvaiſe adminiſtration, de tenir les Miniſtres dans la crainte, de maintenir & de vanger, s'il en eſt beſoin, la conſtitution de l'Etat; cela eſt ſi aiſé par la forme actuelle de notre gouvernement, que la corruption ſeule n'a pas pû nous détruire : ſi nous périſſons, ce ſera autant faute de *courage*, que faute de *vertu*. Dans les circonſtances préſentes, d'habiles fripons feroient même capables de conſerver leur liberté, des ſcélérats dédaigneroient de s'abaiſſer à de baſſes friponneries; mais tout eſt petit, bas & vil parmi nous, & loin d'avoir les vertus, nous n'avons pas même les vices des grands hommes. Celui qui auroit de la gloire au lieu de vanité, une ambition égale au deſir de s'enrichir, ſouffriroit-il jamais d'être traité comme le valet des Fermiers de l'autorité Royale? Pourroit-il endurer qu'un homme au plus ſon égal, & ſouvent ſon inférieur à beaucoup d'égards,

C

le regardât avec hauteur, diffipât les biens de la nation, & foulât avec impunité les libertés de fon pays? Cela arriveroit-il, s'il y avoit le moindre courage parmi nous? mais il n'y en a point. Ce que nous regardons comme ambition, eft un mélange fingulier d'avarice & d'orgueil; la modération eft pufillanimité, & la Philofophie, que certains hommes affectent, eft indolence : de-là vient que la corruption s'eft étendue, & prévaut.

J'attends peu des principaux Acteurs qui occupent aujourd'hui la Scéne; ils ne font pas divifés fur leurs *mefures*, autant qu'ils le femblent, & qu'ils voudroient qu'on le crût. Leur vraie divifion eft fur leurs *intérèts*. Tandis que le Miniftre n'étoit point ébranlé, & que le moment de lui fuccéder n'étoit pas venu, ces amateurs du bien public paroiffoient n'avoir qu'un objet, celui de réformer le gouvernement; & pour cette fin la chûte du Miniftre non-feulement étoit pourfuivie comme un préliminaire, mais comme

une néceffité. Mais quand on vit approcher le moment de fa chûte, l'efpoir de
lui fuccéder fe préfenta, la réforme du
gouvernement ceffa d'être leur objet :
ils diviferent dans leur idée la peau de
l'ours, avant que de l'avoir abatu, & la
crainte que chacun eut de le chaffer pour
un autre, rallentit leur pourfuite. Voilà
ce qui l'a fauvé ; la corruption feule dont
on s'eft plaint avec tant de force & de
juftice, n'auroit pas fuffit pour empêcher
fa chûte.

Si j'efpere peu des principaux Acteurs
qui font aujourd'hui fur notre Théâtre, je
fuis fort éloigné d'appliquer généralement à tous, ce que je crois vrai à l'égard
de la plus grande partie. Il y a des hommes qui certainement defirent le bien de
leur pays, & que pour cette raifon j'aime & j'honore ; mais ces hommes égarés par d'autres, & féduits par leur penchant naturel à l'inaction, ont faifi la
moindre excufe, & cédé au moindre
prétexte qui favorifoit leur indolence.

Ainſi je n'eſpere pas qu'ils ſe réveillent ,
ni qu'ils raniment dans les autres , cet
eſprit qu'ils ont laiſſé perdre , & à la perte duquel ils ont même contribué.

Je porte mes regards de la génération
qui eſt prête à finir, à celle qui va commencer : j'y vois beaucoup d'hommes qui
promettent ; mais, Milord, je n'attends
d'aucun autant que de vous. Souvenez-
vous que l'oppoſition dans laquelle vous
vous êtes engagé , en entrant dans les affaires , n'a pas pour unique objet une
adminiſtration défectueuſe ; mais qu'elle
a pour but un gouvernement, qui ſe
ſoutient par toutes ſortes de voyes ,
établit de nouveaux principes, introduit
des coutumes contraires à la conſtitution
de notre Etat, & tend à détruire toute
liberté. Songez que vous devez combattre les maux préſens, & empêcher qu'ils
ne s'étendent ſur votre poſtérité , que ſi
vous rallentiſſez vos efforts, vous aban-
donnez la cauſe , & que celui qui à chaque occaſion, ne renouvelle pas ſes pré-

tentions, peut perdre ſes droits.

Autrefois nos diſputes avoient plus
pour objet les perſonnes, que les choſes,
ou au moins elles ne regardoient que
des points particuliers de conduite politique, ſur leſquels on auroit été bientôt
d'accord, ſi les intérêts perſonnels de
quelques particuliers, & les préjugés
aveugles des partis euſſent moins prévalu.
Que les * gros Boutiens ou les petits Boutiens
l'ayent emporté, je ne crois pas qu'un
homme ſenſé & inſtruit penſe que cela
intéreſſe la conſtitution de l'Etat, malgré
les clameurs qui ſe ſont élevées dans un
tems, ſur le danger de l'Egliſe, & dans un
autre, ſur celui de la ſucceſſion proteſ-
tante. Mais aujourd'hui le cas eſt totale-
ment différent : les moyens d'envahir la
liberté ſont devenus plus faciles, par la
nature des fonds publics, & par l'uſage
inſolent qu'on en fait, qu'ils ne l'avoient
jamais été par les prérogatives que les
Rois avoient uſurpées. C'eſt pourquoi ré-

* Noms des partis qui diviſoient l'Empire de Lilliput,
voyages de Guliver, tome I.

former l'Etat, doit être l'objet de votre opposition, encore plus que de réformer l'administration. Arrachez l'autorité des mains de ceux qui en ont si méchamment abusé, depuis qu'elle leur a été confiée par un sot marché fait dans un regne, & par un marché que la corruption a dicté dans un autre. Mais ne vous imaginez pas que cela doit être votre unique objet: vous devez à votre pays, à votre honneur, à votre sûreté, à notre âge, & aux siécles à venir, de ne rien négliger pour réparer la breche qui est faite dans la consti- tion de l'Etat, & que l'on voit augmen- ter tous les jours. Vous devez employer tous vos soins, pour fermer avec l'auto- rité des loix, les principales voyes par lesquelles s'est introduit le torrent de la corruption : je dis les principales voyes, parce que, quoique dans la spéculation il paroisse possible de les fermer toutes, cependant je crois que dans l'exécution, on découvriroit que cela ne seroit ni pru- dent ni pratiquable.

Comme voye à la corruption, aucune ne mérite d'être exceptée ; mais il y
a une juſte diſtinction à faire, parce qu'il
y a entr'elles une différence réelle. Quelques unes ont été ouvertes par l'abus d'un
pouvoir néceſſaire pour maintenir la ſu-
bordination, & même pour ménager un
bon gouvernement. Ainſi malgré l'abus
que la couronne peut faire de ſon autorité , il faut la lui conſerver. Telle eſt la
foibleſſe de l'humanité ; aucune de ſes
inſtitutions ne peut être parfaite : ce qu'on
peut attendre de mieux de la ſageſſe des
hommes, eſt de trouver les moyens par
leſquels on produit de grands biens, &
qui n'entraînent que des maux légers.
Il y aura toujours quelque mal dans la
cauſe , ou dans la conſéquence, immédiat ou éloigné. Mais il y a d'autres en-
trées à la corruption : celles ci ſont les
plus grandes, & les raiſons qu'on a prétendu donner pour ſouffrir qu'elles de-
meuraſſent ouvertes, devroient engager
tout honnête homme à les fermer. C'eſt
C iiij

l'augmentation des moyens de corruption qu'on employe plus souvent pour le service de l'*Oligarchie* que pour celui de la *Monarchie*. Fermez ces voyes,& vous n'aurez rien à craindre des autres ; par elles seules les Ministres ont acquis un pouvoir plus réel & plus dangereux, que n'en ont perdu les Rois par les bornes qu'on a mises à leurs prérogatives.

Il y a eu des momens où notre gouvernement est resté libre, avec les plus fortes apparences qu'il cesseroit de l'être. Faites consister votre gloire, Milord, ainsi que celle de la génération, qui s'éleve avec vous, à empêcher qu'avec l'apparence de la liberté, il ne devienne absolu. Quelqu'occupé que vous puissiez être ; dans tous vos conseils, & dans toutes vos actions, ne vous écartez jamais de cet objet. La scéne qui s'offre à vos yeux est grande, & le rôle que vous y devez jouer est difficile : en effet, il est aussi mal aisé d'engager des hommes livrés à la corruption, à préférer l'honneur au profit, & la liberté au luxe, qu'il eſt difficile d'apprendre aux Princes le grand art de gouverner leur Etat par l'accord de ſes parties, ou de les déterminer à mettre cette ſcience en pratique. Mais plus cette entrepriſe eſt difficile, plus ſon exécution ſeroit glorieuſe. C'eſt un projet digne d'exercer les plus grands talens, & de remplir la vie la pl s étendue; pourſuivez-le avec courage, Milord, & ne deſeſpérez pas du ſuccès.

——— Deus hæc fortaſſe benigna
Reducet in ſedem vice.

Un Parlement, même une ſeule Chambre du Parlement, peut en tout tems, & même en un inſtant, détruire l'abus du pouvoir; chaque jour améne de nouveaux événemens, tenez-vous prêt à en profiter. Nous liſons dans l'ancien Teſtament, qu'une Ville auroit été ſouſtraite à la vengeance divine, ſi cinq hommes juſtes s'y étoient trouvés. Ne laiſſez pas périr notre pays, faute d'un ſi petit nombre d'hommes, & ſi la génération

qui finit, ne peut nous les fournir, trou-
vons-en une plus grande quantité dans
celle qui va la remplacer.

Nous pouvons l'efpérer, Milord, des
premiers effais, que vous & quelqu'uns
de nos jeunes Sénateurs, avez faits dans
les affaires publiques. Les preuves que
vous avez données de vos talens fupérieurs, ont relevé les efpérances de notre
pays. Confirmez-les par une application,
& une perfévérance fans relâche ; fans
ces qualités, de grands talens, même la
plus haute vertu, ne vous fuffiront pas
pour foutenir votre réputation, & la caufe que vous défendez. Combien d'hommes ont paru de mon tems, qui ayant
débuté avec fuccès, n'ont dans la fuite
fait aucun progrès; quelqu'uns dès leur
premier vol, font tombés dans la foule
du vulgaire, & y font demeurés dans
l'oubli ; d'autres avec de plus grandes
qualités, peut-être avec plus de préfomption, mais fûrement avec plus de ridicule, ont perfifté à faire des effais toute

leur vie ; ils n'ont jamais été capables d'aller plus loin ; & tous leurs talens politiques se sont bornés à prononcer des harangues préméditées, sur quelques sujets choisis.

L'éloquence, qui persuade & conduit les hommes, nous donne une plus grande idée de supériorité que le pouvoir dont un ignorant peut se servir, ou que la fraude qu'un fripon peut employer. Mais l'éloquence doit couler comme un torrent nourri par une source abondante, & non comme un jet d'eau, qui ne s'éleve que les jours de solemnité. Les fameux Orateurs de la *Grece* & de *Rome* étoient des hommes d'Etat, & les Ministres de ces Républiques; la nature du gouvernement & l'esprit de leur siécle, les obligeoient à composer des discours plus limés ; ils haranguoient plus souvent qu'ils ne délibéroient, & l'art de parler demandoit parmi eux plus d'étude & plus d'exercice d'esprit & de corps qu'il n'en faut parmi nous. Mais quelques peines qu'ils prissent pour apprendre

à conduire le torrent de leur éloquence,
ils en prenoient encore davantage, pour
augmenter les sources d'où elle couloit.
Ecoutez *Démosthenes*, écoutez *Ciceron*,
tonnant contre *Philippes*, *Catilina* & *An-*
toine; je choisis leurs exemples, plûtôt
que ceux de *Pericles*, de *Phocion*, de
Crassus, d'*Hortensius*, ou des autres fameux personnages de la *Grece* & de *Rome*;
parce que l'éloquence de ces deux grands
hommes a été si célébre, que nous sommes accoutumés à les considérer uniquement comme des Orateurs. Ils l'étoient
en effet; & tout homme qui a de l'ame,
ne peut lire leurs discours, après tant
de siécles, après la destruction des gouvernemens, & l'extinction des peuples,
pour lesquels ils furent composés, sans
être agité des passions qu'ils se propo-
soient d'émouvoir, & sans ressentir l'esprit qu'ils vouloient inspirer. Mais si nous
examinons leur histoire, & si nous considérons les rôles qu'ils ont joués, nous
les verrons dans un autre jour, & nous

les admirerons dans des positions plus élevées. L'éducation de *Démosthenes* fut négligée par les mêmes tuteurs qui le frustrerent de son héritage. *Ciceron* fut élevé avec plus de soin, & *Plutarque* dit, que lorsqu'il commença à paroître, le peuple avoit coutume de l'appeller par dérision, le *Grec* & le *Scholastique*. Mais quelque avantage que son éducation eût pû lui donner sur *Démosthenes*, & auquel des deux qu'on accorde la supériorité de génie, il est certain que par leur application, ils firent l'un & l'autre un progrès étonnant dans chaque partie des connoissances politiques : *Ciceron* pouvoit être un meilleur Philosophe; mais *Démosthene* étoit un aussi grand homme d'Etat. La réputation qu'ils obtinrent, & les grandes actions qu'ils acheverent, sont au-dessus de ce qu'on peut attendre de l'éloquence seule. *Démosthenes* la comparoit à une arme : en effet l'éloquence est de peu d'usage, si l'on n'a pas la force & l'adresse de s'en servir : cette force & cet art, *Démo-*

sthenes les possédoit dans un degré éminent: entre plusieurs circonstances intéressantes, observez-le dans celle-ci : il étoit d'une très-grande importance à *Philippes* d'empêcher que *Thebes* n'accédât à la grande alliance que *Démosthenes*, à la tête de la République d'*Athenes*, formoit contre le pouvoir naissant des *Macédoniens*. *Philippes* avoit des Ambassadeurs pour opposer à ceux des *Athéniens*, & l'on peut être assuré qu'il ne négligea, dans cette occasion, aucun de ces moyens que dans d'autres, circonstances il employa toujours avec tant de succès. La négociation fut difficile, mais *Démosthenes* l'emporta ; & les *Thébains* s'engagerent dans la guerre contre *Philipppes*. Etoit-ce uniquement par son éloquence, que dans un Etat divisé il prévalut sur toutes les subtilités de l'intrigue, & sur l'adresse des négociations ? qu'il réussit malgré tous les moyens de séduction, toutes les voyes de corruption, que le plus habile & le plus puissant Prince put employer, & malgré la terreur qu'il s'efforça d'inspirer ? *Démosthenes*, dans une telle crise, n'étoit-il occupé qu'à composer des harangues, & qu'à les débiter au peuple ? Il parloit sans doute à *Thebes*, aussi bien qu'à *Athenes*, & dans le reste de la *Grece*, où toutes les grandes résolutions de faire des alliances, de déclarer la guerre, ou de conclure la paix, étoient déterminées dans des assemblées démocratiques. Mais ses harangues étoient la moindre partie de ses soins, & l'éloquence n'étoit ni le seul ni le principal talent, sur lequel ses succès furent fondés, ainsi que les Ecrivains voudroient nous le faire croire. D'autres talens ont dû seconder son éloquence. Il doit avoir eu une connoissance parfaite de son pays, & des autres Etats de la Grece, de leurs dispositions, & de leurs intérêts, rélativement les uns aux autres, & rélativement à leurs voisins, particulierement aux Perses : il faut qu'il ait eu un fond prodigieux de connoissances, pour avoir nourri son éloquence, pour l'avoir

dirigée fur quelques matieres que ce fût, &
pour qu'elle ait été fuivie du fuccès, dans
toutes les occafions où il l'a employée.

Confidérons *Ciceron* fur le plus grand
Théatre du monde connu, & dans les
circonftances les plus difficiles ; nous le
connoiffons mieux que *Démofthenes*, car
nous le voyons de plus près, & dans
plus de fituations. A quel point de perfection n'a-t-il pas porté les connoiffances qu'il avoit acquifes, fur la conftitution
du gouvernement *Romain*, foit Eccléfiaftique, foit civil, fur l'origine, fur les progrès des raifons générales & des occafions particulieres qui avoient donné
naiffance aux loix & aux coutumes de
fon pays, fur les grandes regles de l'équi-
té, & fur les baffes manœuvres des Cours,
fur les devoirs de chaque Magiftrature,
& de toutes les charges de l'Etat, depuis
le Dictateur jufqu'au Licteur, fur tous les
pas, par lefquels *Rome* s'étoit élevé dès fon
enfance, à la liberté, au pouvoir, à la
grandeur, & à la domination, auffi bien que

fur

fur tous ceux par lefquels, un peu avant fon fiécle, elle commençoit à décliner vers cette fervitude, dans laquelle non-feulement fa liberté, mais auffi fa puif-fance, fa grandeur, & fa domination, furent abforbées?

Qu'il connoiffoit bien les Colonies & les Provinces des *Romains*, les alliés & les ennemis de l'Empire, les droits & les priviléges des uns, les difpofitions & l'état des autres, leurs intérêts rélative-ment à *Rome*, & les intérêts de *Rome* par rapport à eux! Qu'il avoit bien préfent à l'efprit les anecdotes des premiers tems concernant les *Romains*, & les autres États! Avec quelle attention n'obfervoit-il pas les moindres circonftances qui fe paf-foient dans fon pays? Ses ouvrages juf-tifieront ce que je viens d'avancer, & éta-bliront dans l'efprit de ceux qui les liront, l'idée que je donne de fes connoiffances & de fa capacité, auffi bien que celle qu'on a généralement de fon éloquence.

Pour un homme fi profondément in-

D

ſtruit, & ſi conſtamment appliqué à augmenter ſes connoiſſances, il ne pouvoit
rien arriver d'abſolument nouveau ; il
étoit en quelque façon préparé ſur tous
les évenemens ; à peine y avoit-il un effet,
dont il n'eut pas conſidéré la cauſe, à
peine une cauſe, dont ſa ſagacité ne put
pénétrer l'effet caché : ſon éloquence dans
les affaires particulieres, lui avoit d'abord
acquis ſa conſidération à *Rome* ; mais ce
furent ſes connoiſſances, ſon expérience,
& ſon travail continuel, qui ſoutinrent
ſa réputation, le mirent en état de rendre
de ſi grands ſervices à ſon pays, & donnerent à ſon éloquence tant de force &
de poids : s'il s'étoit confié aux ſeuls avantages qu'elle donne, en vain auroit-il attaqué *Catilina*, avec toute la véhémence
& l'indignation qu'il fit éclatter ? Sa ſeule
éloquence auroit-elle pû ſauver lui &
le Sénat du fer de cet aſſaſſin ? Auroit-il
pû ſe vanter d'avoir chaſſé cet infâme
Citoyen hors des murs de *Rome* ? *Abiit,*
exceſſit, evaſit, erupit, s'il n'avoit pris au-

paravant des mesures, pour qu'il lui fût
impoſſible d'y demeurer plus long-tems?
Auroit-il pû avec raiſon s'attribuer l'honneur d'avoir prévenu, ſans tumulte & ſans
déſordre, les deſſeins de ceux qui pro-
jettoient d'exterminer le peuple, de détruire l'Empire, & d'éteindre juſqu'au
nom *Romain*, ſi par ſon art & ſa conduite,
il n'avoit réuni pour la cauſe commune,
les ordres les plus oppoſés, s'il n'avoit
veillé ſecrettement ſur les trames des con-
ſpirateurs, & ſi avant que d'avoir dé-
voilé leurs projets au *Sénat* & au peuple,
il n'avoit ménagé à *Rome* & dans les *Pro-*
vinces, des forces ſuffiſantes pour les ren-
verſer; enfin s'il n'avoit pas fait plus
d'uſage de ſa prudence politique, c'eſt-à-
dire, de la connoiſſance des hommes,
& de l'art de gouverner, que donnent
l'étude & l'expérience, que de tout le
pouvoir de ſon éloquence.

Tel étoit *Démoſthenes*, tel étoit *Cice-*
ron, tels furent tous les grands hommes,
dont les noms ſont conſervés dans l'hiſ-

toire, & tel doit être, ou s'efforcer de
devenir, tout homme qui préfume devoir
fe mêler des affaires d'un gouvernement
libre, & qui afpire à conferver, dans les
affemblées du peuple, un caractere diftingué, quelque parti qu'il prenne, foit de
foutenir, foit de s'oppofer, je propofe les
deux cas, Milord, parce que j'ai obfervé,
& vous aurez fouvent occafion de re-
marquer, que bien des gens femblent
penfer que le parti de l'oppofition, demande moins de préparation, & d'application, que n'en exige la conduite du gouvernement. Mais, Milord, cette opinion
eft une très-grande erreur, & il eft certain qu'elle a été bien fatale : elle provient de légereté, d'irréfolution, de pa-
reffe, & d'une fauffe idée de l'oppofition,
à moins que les perfonnes qui femblent
s'y livrer, ne déguifent leur véritable façon de penfer, ne fervent le Public, non
par des motifs d'honneur & de devoir,
mais par des vûes d'intérêt, refufant lorfqu'ils s'engagent dans le parti de l'oppo-

fition, fans efpoir de récompenfe, de prendre les mêmes peines, qu'ils veulent bien
fe donner, lofqu'on paye leurs fervices.

Regardez autour de vous, Milord, &
vous verrez des gens empreffés de parler, difpofés & prêts à agir, lorfque des
occafions particulieres les preffent, ou
lorfqu'ils font excités par des motifs perfonnels, mais qui n'y font nullement préparés. Faute d'inftruction, leurs difcours
ne font que fuperficiels, le manque d'accord, les jettent dans la confufion, ou les
retient dans l'inaction ; & faute de mefures préliminaires, ils éprouvent mille
contre-tems fâcheux. Ceux qui affectent
de paroître à la tête du parti de l'oppofition, ou qui y tiennent un rang confidérable, doivent au moins égaler ceux
contre qui ils s'oppofent, je ne dis pas en
talens feulement, mais dans l'application
& dans le travail; ils en retireront des con-
noiffances, & une certaine préparation
conftante à tous les événemens qui peuvent arriver, chaque adminiftration a fon

D iij

ſyſtème de conduite, chaque oppoſition doit avoir pareillement le ſien. Je me ferai peut-être mieux entendre par cet exemple. Quand deux armées entrent en Campagne, les deux Généraux ont leurs différens plans, ſoit défenſifs, ſoit offenſifs ; & comme le premier, pour prendre ſes meſures, n'attend pas qu'il ſoit attaqué, mais ſe prépare toujours ſuivant la probabilité des événemens, l'autre de ſon côté pour faire ſes diſpoſitions, n'attend pas le moment, où l'occaſion d'attaquer ſe préſente, mais ſe tient toujours prêt à la ſaiſir, & profite en attendant de tous les avantages, qu'indépendamment de ſon plan, il peut retirer de ſon art, de ſes forces, & des mouvemens de ſon ennemi.

En un mot, Milord, voici mon idée, que je ſoumets à votre jugement ; ſuivant la forme actuelle de notre conſtitution, chaque membre de l'une & l'autre Chambre du Parlement, eſt membre du Conſeil de la Nation, né ou choiſi pour faire

le bonheur du Peuple, & pour s'oppofer aux mauvais gouvernemens ; s'il n'eft
pas revêtu de l'autorité d'un Miniftre
d'Etat , il eft revêtu du pouvoir fupérieur, de veiller fur fes actions & de les
réprimer. Il s'enfuit de-là, que ceux qui
s'engagent dans le parti de l'oppofition ,
doivent apporter autant de foin , pour réfifter à ceux qui fervent la Couronne ,
que ceux-ci, pour foutenir leur adminiftration , & que les hommes qui font engagés dans le parti de l'oppofition, n'a-
giffent ni comme de bons Citoyens, ni
comme d'honnêtes gens , fi en même
tems qu'ils combattent les fauffes mefures
du gouvernement , ils n'en préfentent
point de vraies , & s'ils n'oppofent pas
en toutes occafions, le plan politique, que
l'intérêt public demande, à celui qui n'a
d'autre fondement, que les intérêts particuliers du Prince ou de fes Miniftres.
Des gens rufés , comme il y en a plufieurs
parmi vous, défaprouveront cette conféquence ; ils objecteront, qu'une telle

D iv

conduite, sous l'apparence d'opposition,
soutiendroit une foible, & même une
mauvaise administration, que ce seroit
donner un bon conseil à un mauvais
Ministre, & le délivrer des embarras
qu'on doit au contraire augmenter, &
dont on doit profiter pour avancer sa
ruine ; mais ces gens rusés n'ont aucun
égard pour la vertu, & ne font que la
contre-faire. Il seroit aisé de démontrer
ce que j'ai dit sur les devoirs du parti
de l'opposition ; & je suis persuadé qu'il
ne faut pas faire un grand effort, pour
prouver qu'un parti, qui opposeroit par
système, la sagesse à l'imbécilité, la probité, à la mauvaise foi, & la justice, à
l'iniquité, acquéreroit plus de réputa-
tation, plus de force, & arriveroit plus
sûrement à ses fins, qu'un parti qui pour
ainsi dire, s'opposeroit accidentellement,
qui se conduiroit sans un accord général, avec peu d'uniformité, peu de
préparation, peu de persévérance, &
aussi peu de connoissance, que de capa-

cité politique. Mais il eſt tems de laiſſer
ce ſujet, & de terminer ma Lettre, de
peur qu'elle ne devînt un volume.

LETTRE II.

IDÉE

D'UN ROY

PATRIOTE.

IDÉE
D'UN ROY
PATRIOTE

INTRODUCTION.

 N relisant quelques Lettres que j'ai écrites à Milord de ***, j'en ai trouvé une, dans laquelle je m'étois fort étendu sur les devoirs des hommes envers leur Patrie ; de ces hommes particulierement qui vivent sous la constitution d'un gouvernement libre, & j'ai trouvé que j'y avois fait une forte application de ces principes généraux, à l'Etat présent de la Grande Bretagne, & au caractére des Acteurs qui occupent actuellement le théatre.

Je ne vois pas de raison d'altérer, ni même d'adoucir aucune des pensées qui y font avancées ; au contraire je me propose, de porter ces observations plus loin, & de donner une idée (car je ne prétends pas faire un plan parfait) des devoirs d'un Roi envers son Pays, de ces Rois particuliérement, qui font choisis par le Peuple ; car je n'en connois pas que Dieu ait sacré, pour gouverner aucune Monarchie. Après quoi j'appliquerai ces maximes générales, à l'état préfent de l'Angleterre, auffi fortement & auffi directement, que je l'ai fait dans mon autre Lettre.

Je ne fuis pas de ces Efclaves Orientaux, qui croyent qu'il y a une préfomption criminelle, à élever les yeux fur ceux de leur Roi, & je ne fuis pas forcé par l'autorité de Milord Bacon, de penfer que cette opinion foit jufte & raifonnable ; il me femble, au contraire, qu'il n'y a pas de fecret plus important, ni de cœurs, qui méritent d'être approfondis

avec plus de curiosité & d'attention, que
ceux des Princes. Mais plusieurs choses
ont concouru, outre l'âge & le caractére,
à me mettre à une grande distance de la
Cour, de façon que loin de pouvoir lire
dans les cœurs des Princes de la famille
regnante, à peine connois-je leurs traits.
J'éviterai donc de faire aucune application qui leur soit directe, & je parlerai
le moins qu'il me sera possible, de l'in-
fluence que leur caractére peut avoir eu,
sur leur fortune particuliere, ou sur celle
de la Nation.

Les principes sur lesquels j'ai raisonné
dans ma lettre à Milord **, & ceux sur lesquels je raisonnerai dans celle-ci, sont les
mêmes. Ils sont fondés sur le même systême de la nature; ils sont tirés de cette source, d'où naissent tous les devoirs publics
& particuliers, lorsqu'ils ne sont pas fauss-
sement ou précairement établis; mais il
y a peu de gens, qui prennent la peine
de remonter jusqu'à cette source, &
quoiqu'elle soit ouverte à tous, il n'y en

a pas beaucoup qui en puissent trouver le chemin. Des hommes tels que vous, Milord, m'entendront & m'approuveront ; & quant aux personnes qui ne cherchent qu'à satisfaire leurs passions, & qui ne connoissent de devoirs, que ceux d'un siécle corrompu, loin de redouter leur censure, je rougirois de leur applaudissement. Telle est, je pense, la plus grande partie de la génération présente ; je ne parle pas seulement du vulgaire, mais de ceux qui tiennent les premieres places & le plus haut rang, & nous devons avec raison appréhender, que la prochaine génération ne ressemble à celle-ci, puisque ceux qui la composeront, seront nourris d'exemples, qui les porteront à la même corruption, & à tout sacrifier à leurs intérêts personnels.

L'iniquité de ceux qui tiennent le premier rang dans un Etat, particulierement les Rois & les Ministres, ne consiste pas seulement dans les crimes qu'ils commettent, & dans leurs conséquences immédiates

immédiates , leurs crimes ne doivent
donc pas être mefurés par les maux ac-
tuels : ils péchent contre la poftérité ,
auffi-bien que contre leur fiécle ; & quand
les conféquences de leurs crimes ceffent ,
celles de leurs exemples fubfiftent encore. Je penfe, & tout homme jufte &
éclairé des fiécles avenir, penfera fi l'hiftoire de l'adminiftration de * * * noircit
nos annales , que le plus grand mal que
ce Miniftre ait produit, eft l'effort conf-
tant qu'il a fait pour corrompre les
mœurs. Je dis généralement les mœurs,
parce que celui qui abandonne, ou qui
trahit fon Pays , abandonnera , ou tra-
hira fon ami, & que celui qui fera gagné pour agir dans un Parlement, fans
aucun égard pour la juftice & la vérité ,
fera aifément déterminé à fe conduire de
la même façon, dans quelqu'autre occafion que ce puiffe être, une plus fage &
plus jufte adminiftration relévera notre
commerce, & foulagera le Peuple de ce
fardeau de dettes, fous lequel il eft écrafé,

E

& qu'on peut affurer avec raifon que le Miniftre a induftrieufement accumulé, puifque par de juftes calculs, il eft aifé de prouver qu'il a eu des fonds fuffifans pour les acquitter, depuis qu'il eft à la tête des Finances; une plus fage & plus jufte adminiftration peut nous rendre notre premier crédit, & nous reléver de cet état de mépris, dans lequel nous fommes tombés chez nos voifins. Mais l'efprit des Citoyens, que ce Miniftre a rétréci, a des égards uniquement perfonnels, leurs vûes qu'il a bornées au moment préfent, comme fi les Nations étoient mortelles, ainfi que les hommes qui les compofent, & que l'Angleterre dût périr avec fes enfans dégenérés; ces maux, dis-je, feront-ils auffi aifément & auffi promptement réparés? Cet amour de la liberté, ce zéle pour l'honneur & la profpérité de la Patrie, ce defir de la gloire qui eft changé en une indifférence générale fur tous ces objets, en une vile foumiffion, & en un defir violent de

richeffes ; qui puiffent affouvir leur
avarice, & excéder la profufion que
leur luxe entraîne. En un mot, cet efprit Anglois, cet efprit qui a confervé
la liberté, au moins dans une partie du
monde, fera-t-il auffi promptement &
auffi facilement rétabli dans la Nation
Angloife? Je ne le penfe pas. Nous avons
été long-tems à venir au point de dépravation où nous fommes actuellement ; &
il faut bien plus de tems pour fe retirer
du vice, qu'il n'en faut pour y tomber.
La vertu n'eft pas placée fur une montagne efcarpée, de dangereux & de difficile
accès, comme ceux qui voudroient ex-
cufer leur indolence ou leur mauvaife
volonté, defireroient le faire croire; mais
elle eft fituée cependant fur une hauteur ;
nous pouvons y monter aifément, mais
nous devons y monter par gradation, felon la progreffion naturelle de la raifon,
qui doit nous montrer le chemin & guider nos pas : mais auffi fi nous tombons,
nous fommes fûrs d'être précipités avec

une aveugle impétuofité, proportionnée à la violence naturelle des appétits & paffions, qui ont d'abord caufé notre chûte, & dont la force augmentera, à mefure que nous nous éloignerons des principes qui pouvoient les modérer.

Pour achever un auffi grand ouvrage, que celui de rétablir l'efprit de liberté ; pour réformer les mœurs, & pour reléver les fentimens d'un Peuple, il faut beaucoup de tems ; & un ouvrage qui en demande beaucoup, peut probablement n'être jamais achevé, fur-tout fi l'on confidére combien dans leur conduite, les hommes, même les meilleurs, mettent peu de fuite & peu de fyftême, & combien une telle réforme doit s'oppofer au goût du Public, aux inclinations particulieres, à l'autorité des gens en place, & au penchant fecret de plufieurs de ceux qui n'y font plus. Ne nous flatons pas, il y a plus à fouhaiter, qu'à efpérer que la contagion ne s'étendra pas plus loin, que la préfente génération. Le Miniftre prêche la cor-

ruption à haute voix & conftamment,
comme un impudent Miffionnaire du
vice; une grande partie de ceux qui lui
font attachés, ne fe contentent pas de
l'infinuer, mais la confeillent dans toutes les occafions; & plufieurs de ceux
qui lui font oppofés, n'attendent pour
la répandre que d'être autorifés, & d'en
pouvoir retirer quelques avantages.

Il me femble que pour retirer une nation de cet état de corruption, & pour la
garantir d'une ruine prochaine, il eft néceffaire que quelque grand, que quelque
extraordinaire événement, foit heureux,
foit malheureux, nous puiffe purger ainfi
que fait le feu. Des malheurs au-dehors,
la banqueroute de l'Etat, d'autres circonftances femblables, peuvent produire une
confufion générale : de cette confufion
l'ordre peut naître; mais ce peut-être auffi
l'ordre d'une injufte tyrannie, au lieu
de l'ordre d'une jufte Monarchie. Une
telle alternative, dépendante uniquement
du hafard, fuffit pour faire trembler un

Stoïque. Nous pouvons être fauvés par
des moyens d'une nature bien différente ;
mais ces moyens ne s'offriront pas eux-
mêmes ; cette voye de falut ne nous fera
pas ouverte, fans la concurence & les foins
d'un Roi Patriote , Phénoméne le plus
rare du monde phyfique & moral.

Rien ne peut plus fûrement nous rendre nos vertus , & l'amour de la Patrie ,
fi effentiels à la confervation de la liberté,
& à la profpérité de la nation, que le regne
d'un tel Roi.

Ce que nous défirerions le plus ardemment , feroit de pouvoir dire avec vérité
d'un de nos Princes , ce que la flaterie
fit dire d'un Empereur Romain :
Nil oriturum aliàs , nil ortum tale fatentes.
mais ne négligeons pas de notre côté les
moyens qui font en notre pouvoir , pour
foutenir la caufe de la vérité, de la raifon , de la vertu , & de la liberté : fi le
bonheur d'avoir un tel Prince , ne dépend
pas entierement de nous , méritons du
moins qu'il nous foit accordé : fi le Ciel

plus favorable nous le procure , prépa-
rons-nous à le recevoir, à en profiter,
& à le feconder.

Je parle comme fi je devois contribuer
à ces glorieux efforts, parce que je n'oublie point que je fuis Anglois ; je m'en
fouviens toujours, quoique je fois privé
des droits d'un Citoyen, excepté le moindre de tous, celui de pouvoir hériter. Je
m'aplique ce que j'ai lû dans Séneque :
Officia fi civis amiferit, hominis exerceat :
j'ai renoncé au monde , non en apparence,
mais très-réellement, & plus par ma façon de penfer, que par mon genre de vie,
quelque retiré qu'il puiffe paroître ; mais
je n'ai pas renoncé à mon pays, ni à mes
amis, & par mes amis, je veux dire tous
ceux, & uniquement ceux, qui font attachés à leur pays, quelques noms qu'ils
ayent, ou par quelques noms qu'ils puiffent être diftingués. Et quoique dans ce
nombre, il y ait des hommes dont l'ingra-
titude, l'injuftice, ou la malice, m'ayent
donné perfonnellement les plus juftes fu-

jets de plaintes, cependant je ne les oublierai jamais. Dans leur prospérité, ils n'entendront point parler de moi, mais toujours dans leur malheur, de cette retraite même où je compte passer le reste de mes jours, je puis leur être de quelqu'utilité, puisque je suis en état de les conseiller, de les exhorter, & de les avertir du danger où ils sont. *Nec enim is solus reipublicæ prodest qui candidatos extrahit, & tuetur reos, & de pace belloque censet ; sed qui juventutem exhortatur : qui, in tanta bonorum præceptorum inopia, virtute instruit animos ; qui ad pecuniam luxuriamque cursu ruentes, prensat ac retrahit, & si nihil aliud, certe moratur ; in privato publicum negotium agit.*

IDÉE

D'UN ROY

PATRIOTE.

M ON intention n'eft pas de prévenir, ce que je vais dire fur
les devoirs des Rois, par une
recherche fcrupuleufe de leur origine :
ceux qui ont le temps & la capacité de
fouiller dans les Traditions des différentes Nations, la connoîtront aifément;
& ceux qui ne font pas capables de
cette recherche, peuvent fe figurer quelque chofe de meilleur & de plus digne
d'être connu. Je veux dire, que felon
les régles de la raifon, l'inftitution des
Rois, quelque foit fon origine, doit

avoir été fondée fur le droit commun, & fur l'intérêt des hommes.

Une matiere fi fimple n'eft devenue fi embrouillée & fi volumineufe, que par une ambition fans bornes, & une vanité extravagante. Le déteftable efprit de tyrannie, foutenu par les intérêts perfonnels de gens artificieux; la flaterie & la fuperftition, deux vices qui partagent les hommes timides, ont femé d'obfcurité & d'erreurs, un fujet fi clair; l'autorité en a impofé à ceux qui n'étoient pas capables de raifonner, & ceux qui ont cru en avoir la capacité, ont été jettés dans les piéges du fophifme, & égarés dans les labyrinthes de la difpute. Dans ce cas, & dans tous ceux de grande conféquence, le plus court & le plus fûr moyen, pour arriver à une connoiffance certaine, eft d'oublier ce qu'on nous a appris, de remonter aux premiers principes, & non pas de s'en rapporter à des gens, qui ont intérêt de nous tromper.

En fe conduifant ainfi, on découvrira bien-tôt que les notions , concernant l'inftitution divine , le droit des Rois , & le pouvoir abfolu , attaché à leur place , ne font fondées ni fur la raifon ni fur les faits; mais ont tiré leur origine d'une ancienne Alliance , entre la politique Eccléfiaftique & Civile : les caracteres de Rois & de Prêtres, ont été quelquefois réunis dans la même perfonne, & lorfqu'ils ont été féparés, comme les Rois avoient trouvé que les grands effets de leur pouvoir , étoient dûs à l'empire que les Prêtres prenoient fur la confcience des hommes, les Prêtres avoient appris par expérience, que le meilleur moyen de conferver leur rang, leurs dignités, leurs richeffes & leur pouvoir , avantages fondés fur la fuppofition d'un droit divin , étoit de communiquer la même prétention aux Rois. Et ainfi, par une fourberie commune à tous deux , ils afservirent des hommes aveugles; & dans l'Etat, ainfi que dans l'Eglise, ces prétentions d'un droit divin ont été portées au plus haut degré, par ceux qui ont eu la moindre espérance de parvenir aux places, dont ce prétendu droit fait le plus grand apanage.

Si nous remontons jusqu'au premier âge de ces Nations, qui nous font peu connues, & que nous cherchions quels ont été les principes de la prééminence, que quelques hommes ont obtenue sur les autres, je ne parle pas de ceux qui se font élevés par droit de conquête, mais de ceux qui ont été élevés par un consentement unanime, nous trouverons que leur élévation a eu une même cause; qu'ils avoient été d'une utilité générale au bien être des hommes, & que par cette raison, ils ne furent pas seulement respectés & obéïs pendant leur vie, mais encore adorés après leur mort. Ils devinrent les Dieux principaux: *Dii majorum Gentium.* Les Fondateurs des Républiques, les Héros des Etats

particuliers , devinrent Dieux de la
seconde Classe : *Dii minorum Gentium*.
Toutes prééminences leurs étoient données dans les Cieux, ainsi que sur la
Terre , à proportion des bienfaits que
les hommes recevoient d'eux. Le titre
de Majesté, fut la premiere récompense;
celui de Divinité , la seconde ; l'un
& l'autre furent mérités , par les services
rendus aux hommes, qu'il étoit aisé de
conduire dans ces jours de simplicité &
de superstition , de l'admiration & de
la reconnoissance , à la confiance & à
l'adoration.

Lorsque quelques hommes eurent pro-
fité de ces dispositions générales, &
que la Religion & le Gouvernement
furent devenus deux métiers, ou mysté-
res, on inventa bien-tôt de nouveaux
moyens pour parvenir à cette prééminence, & des motifs nouveaux , & même
contraires, produisirent les mêmes effets.
Le mérite avoit donné les rangs ; mais
les rangs furent conservés, & ce qu'il

y a de plus inconféquent , furent obtè-
nus fans mérite. Les hommes furent alors
élevés fur le trône , fur des raifons auffi
peu relatives à l'avantage du gouvernement , que le hanniffement du cheval
du fils d'*Hiftafpes*.

Le motif le plus efficace & le plus général , fut la proximité du Sang du dernier Roi , & non pas du meilleur. La No-
bleffe en *Chine* remonte , & celui à qui
on l'accorde anoblit fes ayeux , & non
fa poftérité; inftitution fage, fur-tout pour
un Peuple , chez qui la vénération pour fes
ancêtres a été foigneufement confervée :
mais en *Chine* , auffi-bien que dans la plûpart des autres pays, la Royauté defcend,
& les Royaumes font reconnus le Patrimoine des familles particulieres.

J'ai lû dans un des Hiftoriens du bas
Empire *Romain* , que *Sapor* , le fameux
Roi de *Perfe* , contre qui *Julien* entre-
prit l'expédition où il perdit la vie, fut
couronné Roi dans le ventre de fa mere ;
fon pere l'avoit laiffée groffe , & les De-

vins déclarerent, que l'enfant feroit un
mâle : dès-lors les enfeignes Royales furent arborées, & les Princes & les Sa-
trapes profternés, reconnurent l'Embrion
Monarque. Mais pour donner un exemple plus connu , *Domitien* le plus mauvais, & *Trajan* le meilleur des Princes,
furent élevés à l'Empire par le même titre. *Domitien* étoit le fils de *Flavius* le
frere , & peut - être l'empoifonneur de
Titus Vefpafien. Trajan étoit le fils adop-
té de *Nerva*. Le droit héréditaire fervit
à l'un auffi-bien qu'à l'autre, & fi *Trajan* fut mis au rang des Dieux, cette diftinction ne fut pas plus grande , que celle
qu'obtinrent quelqu'uns des plus mauvais de fes prédéceffeurs & de fes fuc-
ceffeurs , par des raifons généralement
auffi bonnes , que celles que *Sénéque*
met dans la bouche de *Diefpiter*, dans
l'apologie de *Claude* : *Cum fit è Republicâ
effe aliquem qui cum Romulo poffit ferven-
tia rapa vorare*. Il auroit été plus fage
de mettre d'abord ces Princes au rang

des Dieux : comme Dieux , ils n'auroient fait ni bien ni mal ; mais comme Empereurs , avant de parvenir à la divinité , ils se conduisirent comme des êtres mal faisans.

Si mes Lecteurs sont disposés dans ce moment , à penser que je haïs la Monarchie , particulierement celle qui est héréditaire , j'espere qu'ils changeront bientôt d'opinion ; je préfere la Monarchie , à toute autre forme de gouvernement , & la Monarchie héréditaire , à l'élective ; je respecte les Rois , leur place , leurs droits , leur personne ; & si leur place & leurs droits , ne sont pas regardés comme divins , si leur personne , n'est pas réputée sacrée , ce ne sera pas sur les principes que je vais établir , puisque le caractére , & le gouvernement d'un Roi Patriote , ne sçauroient avoir d'autres fondemens.

Par la constitution de la nature , & par la volonté du Créateur , nous sommes sujets à deux loix ; l'une commune à tous

tous les homme s, les affujettit aux mêmes
obligations, & leur eft immédiatement
donnée par Dieu ; l'autre donnée à l'homme par l'homme, ne les foumet pas tous à
de pareils devoirs : quoique fondée fur
les mêmes principes, elle fe varie par différentes applications, & change felon les
tems, les caractéres, & un nombre infini
d'autres circonftances. Par la premiere,
vous voyez que j'entends la loi univer-
felle de la raifon ; & par la féconde, les
loix particulieres aufquelles chaque Etat
s'eft volontairement foumis.

Il nous eft fi facile de reconnoître l'o-
bligation de nous foumettre à ces deux
loix, que, quoiqu'il y en ait une qui n'é-
mane pas proprement de Dieu, on peut
cependant dire qu'il nous les a révellées
toutes deux ; celle d'obéir à la loi civile, découle fi néceffairement de la loi
naturelle, qu'en vérité nous ne devons
pas plus douter de l'obligation de nous
foumettre à l'une & à l'autre, que de
lexiftence du Légiflateur. Comme Maî-

tre suprême , fa Providence regarde immédiatement la grande République des
hommes ; & fon autorité donne une fanc-
tion au corps particulier des loix qui font
faites fous lui. La loi de la nature eſt la loi
de tous ſes Sujets; les conſtitutions des gouvernemens particuliers , ſont relativement
à cette loi , ce que les Réglemens des Vil-
les , ou les Coûtumes particulieres des
Provinces , ſont relativement au corps de
l'Etat , dont elles ſont dépendantes. Il réſulte de-là , que celui qui viole les loix de
ſon pays , réſiſte à la volonté de Dieu , qui
eſt la loi de nature : Dieu n'a inſtitué ,
ni Monarchie , ni Ariſtocratie , ni Démocratie , ni Gouvernement mixte ; mais
quoique Dieu n'ait inſtitué aucune forme
particuliere de gouvernement parmi les
hommes , cependant il exige notre obéiſ-
ſance aux loix des Communautés, auſquel-
les chacun de nous eſt attaché par la naiſ-
ſance , ou par un engagement ſubſéquent
& juſte.

Ce raiſonnement ſimple , établit l'autorité légitime des Rois, & l'obéiffance des Sujets; & il eft plus avantageux pour les Souverains, que leur autorité foit fondée fur des principes inconteftables, que fur les chiméres des foux, ou ce qui eft plus commun, fur les fophifmes des fripons. Un droit humain, qui ne peut pas être contredit, eft certainement préférable à un prétendu droit divin, que tout homme peut mettre en doute, ou ne pas croire du tout. Mais les principes que nous venons d'établir, vont encore plus loin : il en réfulte évidemment pour les Rois un droit divin, non pour gouverner mal, le croire eft une abfurdité, l'affirmer eft un blafphême ; mais pour gouverner bien, & conformément à la conftitution de l'Etat qui leur eft confié. Un peuple peut choifir un mauvais Prince, ou une fucceffion héréditaire peut l'élever au trône; mais un bon Roi peut feul tenir de Dieu fon droit pour gouverner. La raifon eft fimple : un bon gouvernement peut feul être dans l'intention de Dieu; il nous a faits pour défirer le bonheur; il a rendu notre bonheur dépendant des fociétés, & le bonheur des fociétés dépendant de la bonté du gouvernement; fon intention étoit donc que le gouvernement fût bon.

Ceci eft effentiel à fa fageffe ; car la fageffe confifte certainement à proportionner les moyens aux fins : c'eft pourquoi on ne peut pas dire, fans une impiété abfurde, que Dieu confére un droit, pour s'oppofer à fon intention.

La place des Rois eft alors de droit divin, & leurs Perfonnes font facrées: comme hommes, ils n'ont aucun de ces droits ; comme Rois, ils ont les deux, à moins qu'ils ne les perdent. Le refpect qu'on doit au Gouvernement, entraîne le refpect pour les Gouverneurs ; mais avoir pour eux, indépendamment du Gouvernement, un refpect plus étendu, que celui qui feroit dû à leur vertu, s'ils étoient fimples Particuliers, c'eft un fentiment qui répugne à la raifon. La

source d'où naît ce respect, est nationale, & non personnelle. Nous pouvons
aussi peu dire qu'un vaisseau est construit, chargé, équipé, pour l'amour du
Pilote, que nous pouvons dire que les
Royaumes sont institués pour les Rois,
& non les Rois pour les Royaumes.
Enfin, pour porter notre allusion plus
loin, la Majesté n'est pas une lumiere
inhérente, mais refléchie.

Tout ceci est aussi vrai des Monarques électifs, que des Monarques héréditaires, quoique les Défenseurs de la
tyrannie, sous le nom de Monarchie,
voulussent nous faire croire, qu'il y a
quelque chose de plus auguste & de plus
sacré, dans l'un que dans l'autre. Ils
sont sacrés également; cet attribut doit
leur être accordé, ou leur être refusé
selon qu'ils répondent, ou qu'ils ne répondent pas à l'objet de leur institution.
Mais il y a une autre comparaison à
faire, dans laquelle on trouvera une différence réelle entre la Monarchie héré

ditaire & l'élective: il n'y a rien de plus
abfurde dans la fimple fpéculation,
qu'un droit héréditaire dans un mortel,
pour gouverner les autres hommes; &
cependant dans la pratique, rien n'eft
plus abfurde, que d'être obligé de choifir un Roi, chaque fois que le Trône
eft vacant. Il eft vrai que nous tirons à
une Lotterie, où il y a bien plus de
combinaifons pour perdre, qu'il n'y en
a pour gagner; mais avons-nous beaucoup plus d'avantage dans l'autre cas ?
Je ne le penfe pas. La multitude feroit
au moins auffi-bien de fe confier au ha-
zard, qu'à fon choix, & à fa fortune,
qu'à fon jugement. Mais d'un autre côté,
l'avantage eft entierement pour la fucceffion héréditaire; car dans les Monar-
chies électives, les Elections, qu'elles
foient bien ou mal faites, font fouvent
fuivies de fi grandes calamités, que les
meilleurs regnes ne peuvent pas même
les réparer; au lieu que dans la Monarchie héréditaire, foit qu'un bon, ou

qu'un mauvais Prince fuccéde, ces malheurs font évités : il y a donc une fource
de mal de moins, & cela doit fuffire
pour nous décider. Nous pouvons nous
plaindre de l'imperfection de l'humanité,
qui eft telle, que dans le cas le plus
important pour l'ordre, pour le bon
gouvernement, & par conféquent pour
notre bonheur, nous fommes réduits,
par la conftitution de notre nature, à
n'avoir aucun parti à prendre que notre
raifon puiffe abfolument approuver ;
mais quoique nous nous en plaignions,
nous devons nous y foumettre. Nous
devons nous dire que des plans parfaits,
ne font pas du reffort de notre état imparfait. La Morale *Stoïque* , & la Politique de *Platon* , ne font que des amufemens, pour ceux qui ont peu d'expérience dans les affaires du monde, &
qui ont beaucoup de loifir : *Verba otio-
forum fenum ad imperitos Juvenes.* En
effet, tout ce que la prudence humaine
peut faire, eft de fournir des expédiens,

& de s'accorder, autant qu'il eſt poſſible, avec le vice & la folie, employant
la raiſon à agir même contre ſes propres
principes, & nous enſeignant, pour ainſi
dire, *inſanire cum ratione*; ce qui en beaucoup d'occaſions, n'eſt pas auſſi para-
doxe, qu'on ſe l'eſt imaginé.

Mais comme je penſe qu'une Monarchie limitée, eſt le meilleur des gouvernemens, je penſe que la Monarchie
héréditaire, eſt la meilleure des Monar-
chies. Je dis une Monarchie limitée;
car une Monarchie qui n'eſt pas limitée, dans laquelle la volonté arbitraire
d'un ſeul homme, qui ne peut jamais
être une regle, eſt cependant la ſeule,
d'où dépendent toutes les régles du gouvernement, eſt une ſi grande abſurdité,
qu'un tel gouvernement eſt plus fait pour
des Sauvages, que pour des Peuples
policés.

Mais je crois néceſſaire d'expliquer
un peu plus clairement, ce que j'entends
par une Monarchie limitée, afin que je

ne néglige rien, de ce qui peut m'aider à bien établir, ce que c'est qu'un Roi Patriote.

Entre beaucoup de raisons, qui me déterminent à préférer la Monarchie à toute autre forme de gouvernement, la principale est, que quand la Monarchie en est la forme essentielle, on peut plus aisément & plus utilement la tempérer avec l'Aristocratie ou la Démocratie, & même avec l'une & l'autre, qu'on ne tempéreroit ces deux formes de gouvernement avec la Monarchie: il me semble que l'introduction d'un pouvoir Monarchique réel & permanent, dans l'une ou dans l'autre, les doit détruire, comme une grande lumiere en éclipse une moindre; au lieu qu'on peut aisément démontrer, même par la forme de notre gouvernement, que les pouvoirs Aristocratiques ou Démocratiques, peuvent être antés sur le pouvoir Monarchique, sans diminuer l'éclat, ni restraindre le pouvoir &

l'autorité du Prince, affez pour altérer
en aucune façon la forme effentielle du
gouvernement.

Il y a une grande différence, entre
le pouvoir légiflatif, & le pouvoir Monarchique ; ils ne devroient pas être
confondus dans la fpéculation, comme
ils l'ont été dans la pratique. Il y a un
pouvoir abfolu, fans bornes, placé quelque part dans chaque gouvernement.
Mais pour conftituer la Monarchie ou le
gouvernement d'un feul, il n'eft pas néceffaire, que le pouvoir foit placé dans
le Monarque feul. Il n'eft pas plus néceffaire qu'il établiffe inclufivement & indépendamment, les regles de fon gouvernement, qu'il ne le feroit qu'il gouvernât fans aucune regle, ce que certainement perfonne ne trouveroit raifonnable.

Je ne dirai pas, que Dieu gouverne
par une regle que nous connoiffons, ou
que nous pouvons connoître auffi-bien
que lui, & fur la connoiffance de laquelle, il appelle aux hommes, pour la

juſtice de ſa conduite à leur égard , ce
qu'un fameux Théologien a téméraire-
ment avancé , dans une prétendue dé-
monſtration de ſon exiſtence & de ſes
attributs ; mais je puis dire , que Dieu
fait toujours ce qu'il eſt le plus convenable de faire , & que cette convenance ,
réſulte des différentes natures , & des
différens rapports des choſes ; de façon
que comme Créateur de tous les ſyſtêmes , par leſquels les natures & les rapports ſont établis , il s'eſt preſcrit à lui-
même les regles qu'il ſuit comme Gou-
verneur de chaque ſyſtême des êtres. En
un mot , Dieu eſt un Monarque , non
arbitraire , mais un Monarque limité ;
limité , par les regles de ſa Sageſſe infinie, preſcrit à ſon pouvoir infini. Je connois très-bien le défaut de ces expreſſions ; mais quand nos idées ſont imparfaites , nos expreſſions le ſont auſſi.
Cependant les idées que nous ſommes
capables de nous former des attributs
de Dieu , & de leur exercice dans le gou-

vernement de l'Univers, peuvent servir à nous faire concevoir ce que j'ai voulu démontrer. Si le droit de gouverner sans aucune regle , & par une volonté arbitraire , n'est pas essentiellement attaché à l'idée que nous nous formons de la Monarchie de l'Etre suprême, il est bien ridicule de supposer que ce droit soit nécessairement renfermé dans l'idée d'une Monarchie humaine ; & lorsque Dieu dans ses idées éternelles , s'est prescrit à lui-même des regles , par lesquelles il régit l'Univers qu'il a créé , il seroit bien ridicule d'assurer , que l'idée de Monarchie humaine , ne sçauroit subsister , si les Rois sont obligés de gouverner suivant des regles établies par la sagesse d'un Etat , qui étoit un Etat , avant qu'ils fussent Rois , & par le consentement d'un Peuple qu'ils n'ont certainement pas créé , sur-tout lorsque la puissance exécutrice est entierement dans leurs mains , & que la puissance législative, ne peut être exercée sans leur participation.

Il y a en effet telles limitations, qui détruiroient la forme essentielle de la Monarchie : une constitution Monarchique peut être changée, sous prétexte de limiter l'autorité du Monarque. C'est ce que nous avons vû arriver parmi nous, dans le dernier siécle, lorsque quelques-uns des plus vils, & des plus méchans hommes, établirent sur notre Nation, la plus affreuse usurpation, & la plus infame tyrannie. Je ne dirai pas qu'il faille conserver la forme essentielle de la Monarchie ; cette conservation dût-elle entraîner la perte de la liberté. *Salus Reipub. suprema Lex esto*, est une Loi fondamentale ; & je suis certain, que le salut de la République est mal assuré, si la liberté est en danger ; mais je puis prouver, que toutes les limitations nécessaires pour conserver la liberté, sont compatibles avec la Monarchie, tant que l'esprit de liberté subsiste ; car lorsque cet esprit n'existe plus, la liberté ne peut-être conservée par aucune limitation de la Monarchie, ni par aucune autre forme de gouvernement. Je ne penfe fur ce fujet, ni comme les *Thoris*, ni comme les *Whigs* ; je tâche au moins d'éviter leurs excès. Je ne donne point aux Rois les attributs burlefques de Jupiter. Je ne les peints point péfant la fortune des hommes dans la balance du deftin, & lançant la foudre fur la tête des Géants révoltés ; mais auffi, je ne prétends pas les dépouiller, & leur laiffer uniquement, pour couvrir leur Majefté, quelques mauvais lambeaux, auffi inutiles pour l'ufage, que pour l'ornement. Mon intention eft de fixer ce principe, que les limitations de la Couronne doivent être portées auffi loin qu'il eft néceffaire, pour affurer les libertés du Peuple, & que de telles limitations peuvent fubfifter, fans affoiblir, ou mettre en danger la Monarchie.

On me dira peut-être ce que j'ai oui dire à bien des gens, que ce point eft imaginaire, & qu'on ne fçauroit établir les limitations nécessaires, pour assurer la liberté, sous un mauvais Prince, & procurer un bon gouvernement, sans qu'il n'y en ait qui ne privent les Sujets de plusieurs avantages, sous le régne d'un bon Prince, ne gênent son admi-nistration, n'entretiennent une injuste jalousie, entre lui & son Peuple, & n'affoiblissent trop le pouvoir nécessaire pour conserver la tranquillité publique, & augmenter la prospérité de la Nation. Si cela étoit vrai, ce seroit plûtôt une triste preuve de l'imperfection de notre Nature, & de l'insuffisance de notre rai-son, que de la foiblesse du Gouverne-ment. Dans le principe que je veux éta-blir, la raison instruite par l'expérience, évite réellement un mal certain, & est en état de se précautionner contre les maux contingens, qui peuvent naître de l'expédient même ; au lieu que dans les objections qu'on oppose à ce principe, ces prévoyances, sur les maux contin-gens, seroient souvent la source d'un

mal certain, & jamais d'un bien positif.
Sous un bon Prince, ils rendroient l'administration défectueuse, & sous un
mauvais, il n'y auroit point de gouvernement.

Mais cette supposition est bien éloi-
gnée de la vérité; les limitations nécessaires pour conserver la liberté sous un
gouvernement Monarchique, arrêteront
réellement un mauvais Prince, sans être
jamais regardées comme des fers par un
bon. Notre constitution, à ce que je
pense, est presque portée à un tel point
de perfection, qu'il est impossible à un
Roi, qui n'est pas vraiment Patriote, de
gouverner l'*Angleterre*, avec facilité,
sûreté, honneur, & dignité, ni même
avec force & puissance; & qu'au contraire, un Roi, qui est Patriote, peut
non-seulement y regner avec tous ces
premiers avantages; mais avoir encore
un pouvoir, aussi étendu que les Monarques les plus absolus, & posséder une
autorité, bien plus flateuse dans sa jouissance

fance & bien plus fûre dans fes effets.

Pour parvenir à ces grandes & nobles fins, le Patriotifme doit être réel, & non pas fimplement apparent : c'eft quel-que chofe que de defirer de paroître un Patriote ; & fi, comme dit Tacite, *contemptu famæ*, *contemni virtutem*, le mépris & l'indifférence d'une bonne ré-putation, produit & accompagne tou-jours le mépris de la vertu, le contraire fera vrai, & le defir d'une bonne répu-tation fera un pas pour la mériter. Mais ce motif feul ne fuffit pas pour confti-tuer un Patriote, foit Roi, ou Sujet ; il doit y avoir dans ce caractére, quelque chofe de plus réel, qu'un fimple defir de renommée ; fans quoi ce defir ne s'é-léveroit point au-deffus de ce fentiment, qu'on peut comparer à la coquéterie des femmes, une paffion pour des ap-plaudiffemens paffagers, que la vanité recherche, que la flaterie accorde, & qui s'évanouiffent auffi promptement, que les qualités qui les font naître.

G

Le Patriotifme doit être fondé fur de grands principes, foutenu par de grandes vertus. Je me fuis efforcé d'établir les premiers de ces principes, & je ne craindrai point d'affurer qu'eux feuls peuvent faire un bon Roi; il peut fans eux, & par fon feul tempéramment, être fans ambition, généreux, d'un bon naturel; mais toutes ces qualités feront fouvent mal dirigées; & avec d'autres principes, il fera aifément détourné, malgré ces vertus, des véritables objets de fon inftitution.

Je parle volontiers de ces Principes oppofés, parce que loin d'être furpris qu'il paroiffe dans le monde un fi grand nombre de Rois, incapables & indignes de gouverner les hommes, j'ai été prefque tenté de m'étonner qu'il y en eût un feul de fupportable, quand j'ai confideré la flaterie qui les affiége dès le berceau, & le but de toutes ces fauffes notions qui leur font données, par préceptes, par l'exemple, par les ufages des Cours, & par les vûes intéreffées des Cour-

tifans ; ils font élevés à être tyrans , fans
fçavoir qu'ils le font , & à fe regarder
comme une efpéce diftincte , auffi fupérieure aux autres hommes, que ceux-ci
le font aux animaux.

Louis XIV. donne une preuve bien
frapante de l'effet de cette éducation : fa
conduite pendant le cours entier d'un
long régne , pouvoit provenir en partie
de la hauteur naturelle de fon caractére ;
mais elle provenoit encore plus des principes & des habitudes contractées dans
fon éducation ; elle l'a porté à regarder
fon Royaume comme le Patrimoine de
fes ancêtres , qui ne devoit pas être confideré dans un autre point de vûe : de
façon qu'un homme très - confidérable ,
étant entré avec lui dans un grand détail fur la mifére de fon peuple , &
ayant employé fouvent le mot d'*E-*
tat , quoique le Roi approuvât la fub-
ftance de fon difcours , il parut cependant choqué de la fréquente répétition
de ce mot, & s'en plaignit comme d'une

eſpéce d'indécence. Cela ne paroîtra pas étrange après quelques réfléxions ; car eſt il étonnant qu'un Prince ſoit aiſé- ment entraîné dans une erreur qui tire ſa ſource de l'imperfection de notre na- ture, de notre orgueil, de notre vanité, & de notre préſomption, enfans illégi- times, mais enfans de l'amour propre, ſang corrompu, mais ſouvent le plus chéri, & celui qui gouverne le tout?

Comme l'homme eſt porté à ſe croi- re le plus parfait de tous les Etres, il ſe croit auſſi la cauſe finale de toute création. Les Philoſophes réputés Or- todoxes, dans tous les ſiécles, ont en- ſeigné que le monde a été fait pour l'homme, la terre pour ſon habitation, & tous les corps lumineux pour lui ſer- vir de ſpectacle. Les Rois n'en font pas tant, lorſqu'ils s'imaginent être la cauſe finale, pour laquelle toutes les ſociétés ont été formées, & les gouvernemens inſtitués.

Cette erreur, dans laquelle l'éduca-

tion confirme presque tous les Princes,
est si capitale, que par sa conséquence
naturelle, il n'y auroit point d'iniquité
qu'ils n'eussent le droit de faire ; mais
d'autres causes contribuent encore à corrompre leur caractére : je ne m'arrête-
rai point à les rapporter toutes ; je n'en-
treprendrai pas non plus de donner des
régles, pour l'éducation des Princes, &
de faire connoître la part que nos Parlemens devroient prendre quelquefois,
dans une affaire si importante. Je paroî-
trois trop présomptueux, & trop rafiné,
dans mes spéculations. Mais je puis assurer en général, que l'indifférence des
hommes sur ce point, particulierement
dans un gouvernement constitué comme le nôtre, est monstrueuse.

J'observerai encore, que la conduite
de ceux qui sont auprès des Princes, est
une autre source de leurs erreurs ; leurs
places peuvent être différentes, mais
leur situation est la même ; & conséquemment, ils ont un devoir qui leur est com-

mun. Je ne rapporterai point les obligations particulieres, où ce devoir les sou-
met ; je dirai seulement, qu'ils ne doivent jamais oublier que le maître qu'ils
servent, sera Roi de leur pays ; qu'ainsi
leur attachement ne doit avoir pour
objet, ni son intérêt particulier, ni le
leur, mais le bien de la Patrie.

*Craterus aime le Roi, mais Epheftion ai-
me Alexandre*, est un mot qui a été souvent rapporté, & non pas censuré comme il devoit l'être. *Alexandre* donne la
préférence à l'attachement d'*Epheftion* ;
mais cette préférence étoit dûe indubi-
tablement à celui de *Craterus*. L'attachement à une personne privée, peut renfermer un grand intérêt à sa réputation,
& à ce qui le touche ; mais un attachement à celui qui est Roi, ou qui peut le
devenir, doit renfermer un intérêt beaucoup plus grand, parce que le caractére
du dernier, est plus important à lui même, & aux autres ; & parce que ses intérêts sont infiniment plus compliqués

avec ceux de son pays, & en quelque sorte avec ceux de l'humanité. *Alexandre* lui-même parut, dans une occasion, faire la distinction, qu'on doit toujours mettre entre notre attachement pour un Prince, ou pour une personne privée : ce fut lorsque *Parmenion* lui conseilla d'accepter les conditions de paix, que *Darius* lui offroit : elles étoient avantageuses, & il les croyoit telles ; mais il pensoit (& qu'il eut raison ou non, cela ne fait rien à ma cause) qu'il ne lui convenoit pas de les accepter ; ainsi il les rejetta ; mais avoua qu'il se seroit conduit comme on le lui avoit conseillé, s'il avoit été *Parmenion*.

Quant aux personnes qui n'approchent pas le Prince d'aussi près que celles dont je viens de parler, elles ne peuvent que proportionner leurs applaudissemens, & la démonstration de leur attachement, aux avantages qu'elles reçoivent du Prince qui régne, ou aux espérances que le successeur leur donne.

G iv

C'eft particulierement de ce dernier
que je veux parler ; s'il leur donne l'efpérance d'un bon régne, ils doivent porter leurs applaudiffemens, & la démonf-
tration de leur attachement, auffi loin
qu'il peut le defirer. Ainfi le Prince &
le Peuple prennent un engagement réci-
proque, l'un de bien gouverner, l'autre
de l'honorer & de lui obéir ; mais s'il leur
donne le préfage d'un mauvais régne,
ils lui ont au moins cette obligation,
qu'il les engage de bonne heure à fe tenir fur leur garde ; & c'en fera une très-
grande, s'ils fe préparent à attendre fon
avénement au trône, comme on attend
un malheur inévitable, & s'ils fe précau-
tionnent contre le mauvais ufage qu'ils
prévoyent qu'il fera des finances & de
l'autorité. Ils ne doivent pas fur-tout fe
laiffer féduire par l'efpérance de le gagner, ni croire que les complaifances de
la Nation puiffent l'empêcher de tomber en de mauvaifes mains : ce font des
moyens qu'on a déja employés, & qui

ont été suivis des plus pernicieufes conféquences. En effet , c'eft fe conduire
comme ces Sauvages , qui adorent le
Diable , non parce qu'ils l'aiment , mais
afin qu'il ne leur faffe point de mal ; encore fuppofent-ils que le Diable a indépendamment d'eux, le pouvoir de leur
nuire , au lieu que les autres augmentent l'autorité du Prince,parce qu'il a déja
quelque pouvoir de leur faire du mal ,
& fe confient à la juftice, & à la bonté
d'un homme qui manque de fens & de
vertu , plûtôt que d'augmenter & de fortifier les barrieres contre fa folie, & fes
vices.

Mais les hommes qui raifonnent, & qui
agiffent de cette façon , n'ont d'objet ,
que de faire leur cour aux dépens du
Public : ils aiment mieux être les inftru-
mens des mauvais Rois, que de perdre
leur crédit ; & ils font fouvent fi méchant, qu'ils préférent le fervice d'un
tel Prince , à celui du meilleur des Rois.
Les raifons qui doivent engager à fe pré-

cautionner contre un mauvais régne, acquiérent de nouvelles forces, lorfqu'un Prince foible & méchant doit régner après un Prince d'un pareil caractére. Les moyens font plus difficiles à employer, lorfqu'ils font les plus néceffaires ; c'eft-à-dire, lorfque chez un Peuple libre l'efprit de liberté commence à s'affoiblir, & lorfque l'habitude l'a pliée infenfiblement à une baffe foumiffion ; mais ils ne laiffent pas d'être néceffaires, lors même que l'efprit de liberté eft dans toute fa force, lorfqu'on eft difpofé à s'oppofer à toutes les entreprifes d'une mauvaife adminiftration, & prêt à réfifter à toutes les atteintes qu'on porte à la liberté. Dans ces deux cas, ceux qui aiment leur pays, doivent s'appliquer fans relâche à chercher les meilleurs moyens par lefquels la liberté & un bon gouvernement peuvent être défendu & confervé ; mais dans le cas, où l'efprit de liberté feroit dans toute fa force, il faudroit en profiter, pour affurer à jamais

la liberté & la tranquillité , par des conſtitutions également propres à prévenir
les diffentions des corps de l'Etat , & les
excès du Prince & des Miniſtres. Ce que
je ne fais que toucher en paſſant, pourroit être éclairci , & je penſe qu'il ſeroit
important que cela le fût ; mais je m'é-
carterois trop de mon ſujet, qui me four-
nira matiére à des ſpéculations plus in-
téreſſantes.

Il faut convenir qu'un Prince qui donne de juſtes raiſons, de compter que ſon
régne ſera celui d'un Roi Patriote, n'ob-
tiendra peut-être pas de tous les Citoyens
le retour que méritent les eſpérances qu'il
donne. Mais cela ne doit empêcher ni
le Prince de continuer à les donner , ni
la Nation de continuer à les reconnoître : ſi elle s'unit à lui , rien ne peut leur
nuire , & ſi l'artifice ne s'en mêle , aucun pouvoir n'arrêtera les effets de leur
union ; elle confondra les méchans projets , ſoutiendra la vertu , & contiendra
le vice. Mais manquât-elle de produire

ces effets, un bon Prince dût-il même
fouffrir avec le Peuple, & en quelque
façon pour lui, il en retireroit encore ces
grands avantages. La caufe du Peuple
qu'il doit gouverner, & fa propre caufe, feroient rendues la même par leurs
ennemis communs. Il fentiroit des malheurs comme Sujet, avant qu'il pût les
faire fentir comme Roi; il feroit formé
dans l'école de l'adverfité, d'où les plus
grands & les meilleurs Monarques font
fortis, & tous les vices qui auroient prévalu avant fon régne, feroient comme
autant d'ornemens à la gloire du fien.
Mais je me hâte de parler de l'avantage qu'un Roi Patriote doit eftimer le
plus, de la gloire qu'il retirera lorfqu'il
aura pour objet un auffi grand deffein
que celui de rétablir & d'affermir la liberté de fes Sujets, qui avoit été attaquée & ébranlée fous fon Prédéceffeur.

Ce que j'ai dit ici, paffera parmi quelques-uns, pour les rêveries d'un cerveau
dérangé, ou pour les vaines fpéculations

d'un homme oisif, qui a perdu le monde
de vûe, ou qui n'a pas assez de péné-
tration, pour distinguer les choses qui
sont pratiquables dans un gouvernement,
de celles qui ne le sont pas. M'objectera-
t-on que je conseille à un Roi, de ranimer un esprit, qui pourra tourner contre
lui-même; de rejetter le seul moyen de
gouverner avec succès une Monarchie
limitée, de borner, au lieu d'étendre
son pouvoir; de rétablir une ancienne
constitution, que ses Peuples sont disposés d'abandonner, au lieu d'en former
une nouvelle, qui leur soit plus agréable, & qui lui soit plus avantageuse; de
refuser enfin, d'être un Monarque absolu, lorsque chaque circonstance l'y
invite. Toutes ces propositions seront
présentées & ridiculisées, comme des
paradoxes, qu'un homme de bon sens
n'oseroit soutenir, & qui sont dignes d'a-
voir place dans les *Mirabilia & Inopinata*
des *Stoïciens*. On doit s'attendre à de tels
jugemens, dans un siécle aussi frivole, &

auffi corrompu que le nôtre, dans un
tems, où l'on trahit la liberté, en s'op-
pofant directement aux intérêts les plus
importans de la Patrie, non par furprife
ou par foibleffe, en cédant à une forte
tentation, & à une fine féduction, mais
avec conftance & fermeté, par choix,
& fuivant des principes refléchis &
foutenus; dans un tems où tant de gens
abandonnent le fervice de leur pays,
ou ne le fervent que foiblement, avec
incertitude, toujours conféquemment à
leurs propres intérêts, ou à ceux d'un
parti; dans un tems, où affirmer la vérité, & défendre la caufe de la liberté
& du bon gouvernement, s'appelle répandre l'illufion, & femer la divifion.
Mais j'ai déja fait connoître mon indifférence fur la cenfure, & fur le ridicule
donné par de tels gens; j'ai un mépris
très-fondé pour leur habileté prétendue,
& une jufte indignation contre la corruption réelle de leurs mœurs.

Mais confultons la raifon & l'expé-

rience, nous trouverons que ces préten-
dus paradoxes font pour la plûpart, des
propofitions démontrées, & que ce qu'on
appelle de vaines fpéculations, font des
vérités importantes, conftatées dans
tous les pays & dans tous les tems.

Machiavel doit avoir beaucoup de
poids parmi les perfonnes qui me font
oppofées. Il propofe aux Princes l'augmentation de leur pouvoir, l'étendue
de leur domination, & l'affujetiffement
de leurs Peuples, comme les feuls objets
de leur politique. Il médite & recom-
mande tous les moyens qui tendent à
fes fins, fans s'embarraffer de ce qu'on
doit à Dieu & à l'homme, & fans égard
pour le bien ou le mal moral des actions.
Cependant il dit que l'affectation de la
vertu eft utile aux Princes. En cela, il
ne différe pas tant de mon avis: je vou-
drois que la vertu fût réelle ; il n'en
demande que l'apparence.

Dans le dixiéme Chapitre du premier
Livre des *Difcours*, il paroît convaincu

(telle eſt la force de la vérité , & je
laiſſe à d'autres à juger s'il eſt d'accord
avec lui-même) que la plus grande gloire
eſt dûe au Prince, qui établit un bon
gouvernement & une conſtitution libre,
& que celui qui travaille pour la renommée , doit deſirer de trouver un Etat
corrompu & en déſordre, non pour en
achever la ruine , mais pour la prévenir;
non pour conſommer le mal , que les
autres ont commencé ; mais pour en
arrêter le progrès. Il penſe que c'eſt-là
le vrai chemin de la renommée, de la
tranquillité & du repos ; au lieu que
celui qui lui eſt oppoſé, car il n'y en a
pas un troiſiéme , méne à l'infâmie , au
danger , & à l'inquiétude continuelle.
Il regarde ceux qui , pouvant établir une
République , ou une Monarchie légitime, préférent la tyrannie, c'eſt-à-dire,
une Monarchie ſans le frein des Loix,
comme des gens, trompés par de fauſſes
idées du bien, & par de fauſſes apparences de gloire, & qui ſont, à tous
égards ,

égards, aveugles fur leurs intérêts : *Ne se auvegono per questo partito quanta fama, quanta gloria, quanto honore, sicurtà, quiete, con satisfatione d'animo è soggano & in quanta infamia, vituperio, biasimo, pericolo & inquietudine incorrono.* Il touche encore un autre avantage, qu'un Prince Patriote peut retirer ; & en cela il va directement contre le principe, sur lequel ses Ecoliers insistent le plus. Il nie que les Princes diminuent leur autorité en la bornant ; & il assure, avec vérité, à cet égard, que *Timoleon* & *Agésilaüs* possédoient une aussi grande autorité dans leur Pays, que *Denis* ou *Phalaris* en avoient acquis dans le leur, & qu'ils jouissoient de tous les autres avantages que ces deux Tyrans avoient perdus. Jusqu'ici *Machiavel* a raison ; mais il n'embrasse qu'une partie de son sujet. Il se borne à examiner les motifs, qui devroient déterminer un Prince sage à maintenir la liberté, parce qu'il est de son intérêt de la conserver, &

H

parce qu'une conduite contraire, lui feroit perdre une partie de fa gloire, de fa réputation, de fa fûreté, & de fa tranquillité, tous points uniquement perfonnels au Prince. Ainfi, animé feulement par de tels motifs, fon Favori *Borgia* auroit pû être déterminé à affecter les vertus d'un Prince Patriote; & ce grand Docteur en connoiffance politique, ne lui en auroit pas demandé davantage. Mais il eft bien loin de remonter jufqu'à ce motif, qui feul doit faire agir les bons Princes, l'amour de leur devoir; devoir envers Dieu par une loi, & envers les hommes par une autre. C'eft fur cette derniere loi que je commencerai à établir les principes par lefquels un Roi Patriote doit gouverner fon peuple, & fe gouverner lui-même; je remonterai plus haut, j'entrerai dans quelques détails, & j'appliquerai toujours fcrupuleufement ces confidérations, à la conftitution de l'Angleterre, à l'état préfent de notre Nation, & au caractére du peuple.

Je crois que ce qui a déja été dit suf-
fit , pour établir les vrais principes du
gouvernement Monarchique , aussi-bien
que de toute autre forme de gouvernement; & je dirai hardiment qu'il n'y en
a point d'autres qui méritent d'être trai-
tés sérieusement ; & si M. *Locke* veut
bien examiner ceux de *Filmer*, c'est plûtôt par rapport aux préjugés qui régnoient
alors, que pour l'importance de l'ouvrage , nous pouvons conclure d'après ces
principes, que les hommes ayant été di-
rigés par la nature à former des socie-
tés , parce qu'ils ne pouvoient pas subsister sans elles, ni vivre dans un état
d'individualité, & qu'étant portés de même à établir des gouvernemens , sans
quoi les sociétés ne peuvent pas se maintenir , ni subsister dans un état d'Anar-
chie, la derniere fin de tous gouvernemens est le bien du peuple, pour qui ils
ont été faits , & dont le consentement
seul a pû les établir. Les hommes en formant des sociétés , & en se soumettant

à un gouvernement, ont cédé une partie de cette liberté, pour laquelle ils font tous nés. Et pourquoi l'ont-ils fait ? Le gouvernement est-il incompatible avec une entiere jouissance de la liberté ? Nullement ; mais parce que la liberté populaire fans gouvernement, dégénéroit en licence, comme le gouvernement fans une liberté suffifante, dégénéreroit en tyrannie, ils se font mutuellement néceffaires ; un bon gouvernement pour soutenir une liberté légitime, & une liberté légitime pour conferver un bon gouvernement.

Je ne parle pas ici d'un peuple, s'il en est un, qui auroit été affez barbare & affez imbécile, pour se foumettre à la tyrannie par un contrat originel, ni de ces Nations fur lefquelles la tyrannie s'eft introduite imperceptiblement, a été impofée par violence, ou établie par prefcription. Je ne m'érigerai pas en Cafuifte politique fur les droits de tels Rois, & fur les obligations de tels peuples. Les hom-

mes doivent peut-être se contenter de
leur sort , souffrir les inconveniens des
gouvernemens , comme ceux des climats,
& supporter ce qu'ils ne peuvent pas
changer ; mais je parle d'un peuple qui
a été assez sage & assez heureux, pour
établir & pour conserver une libre constitution de gouvernement , comme les
peuples de cette Isle ont fait : c'est à eux
que je dis, que leurs Rois sont obligés par
les devoirs les plus sacrés que les loix
humaines puissent créer, & que les loix
divines puissent autoriser, de défendre &
de maintenir, préférablement à toute considération , la liberté de la constitution ,
à la tête de laquelle ils sont placés.

Le bien du peuple est la derniere, &
la vraie fin du gouvernement. Les Gouverneurs sont donc nommés pour la remplir, & la constitution civile, qui les revêtit du pouvoir, y est engagée par la loi
de la nature & de la raison, qui a déterminé cette fin, & qui admet cette forme de gouvernement, comme le plus sûr

moyen pour y parvenir. Le plus grand
bien du peuple, c'est sa liberté ; & dans
le cas que nous représentons, il l'a jugé
ainsi, & y a pourvû : la liberté est au corps
de l'Etat, ce que la santé est à chaque
individu. Sans la santé l'homme ne peut
goûter de plaisir, sans la liberté le bonheur est banni des Etats. Un Roi Patriote sentira donc que l'obligation de
défendre & de maintenir la liberté, est
le plus sacré de ses devoirs.

Les Rois dont l'esprit est foible, & le
cœur corrompu, qui sont aveuglés par les
préjugés, enflammés par les passions, & do-
minés par l'amour propre & la présomp-
tion, s'imaginent, & se conduisent de
façon à faire croire à plusieurs de leurs
Sujets, que le Roi & le peuple, dans un
Gouvernement libre, sont des puissances rivales, dont les intérêts ne sont
pas les mêmes, & dont par conséquent
les vûes doivent être différentes : ils regardent les droits & les privileges du
peuple, comme des usurpations sur les

droits & les prérogatives de la Couronne
& les regles & les loix , faites pour la sûreté de leurs Sujets , comme des bornes
à leur dignité & à leur pouvoir.

Un Roi Patriote en jugera autrement; il
considérera la constitution de l'Etat comme une loi composée de deux tables, con-
tenant les regles de son Gouvernement ,
& la mesure de l'obéissance de ses Sujets;
ou comme un systême composé de différentes parties , sagement proportion-
nées les unes aux autres, & concourant
par leur harmonie à la perfection du tout.
Il fera cette seule distinction entre ses
droits & ceux de son peuple. Il regardera les siens comme un dépôt , & les
leurs comme une propriété. Il sentira
que son droit se borne à ce qui lui est
confié par la constitution de son état ;
il reconnoîtra que le peuple, qui par la
loi de la nature avoit un droit originel
au tout, peut seul avoir un droit à chaque partie , & que par conséquent il
a un droit incontestable sur celle qu'il

H iv

s'eft réfervée. En un mot, il refpectera la conftitution de l'Etat, comme la loi de Dieu & de l'homme, dont la force le lie autant que fes moindres Sujets, & dont la raifon l'enchaîne encore plus qu'eux.

Il agira fur ces principes, foit qu'il parvienne au trône par une élection immédiate ou antérieure ; je dis antérieure, car dans une Monarchie héréditaire, où les hommes ne font pas élûs, les familles le font. Quelques Auteurs en voudroient conclure, que lorfqu'une famille a été une fois admife, & qu'un droit héréditaire à la Couronne y a été reconnu, ce droit ne peut pas être perdu, ni le Trône devenir vacant, tant qu'il fubfifte un héritier de cette famille. Il auroit été bien plus conforme à la vérité & au bon fens, de foutenir que tout Prince qui parvient au Trône, par droit de fucceffion, fût-il le dernier de cinq cens, y parvient fous les mêmes conditions, aufquelles le premier s'eft foumis, foit for-

mellement, foit implicitement, auffi bien
que fous celles, qui depuis ont pû être
établies par une autorité légitime, &
que le Sang royal ne donne aucun droit,
ni l'ancienneté de fucceffion aucune prefcription contre la conftitution du Gouvernement.

J'ai parlé de ceci à propos de quelques Ecrivains, qui furent employés, ou
s'employerent eux-mêmes à défendre le
droit héréditaire de la famille régnante;
entreprife fi peu capable de produire un
bon effet, qu'on peut foupçonner, je
crois, qu'elle n'a été conçûe que pour
un mauvais deffein. Un Roi Patriote ne
favorifera jamais de telles fubtilités &
des raifonnemens fi faux; il dédaignera
s'appuyer fur de fi foibles rofeaux; il
fçait que fon droit eft fondé fur les loix
de Dieu & de l'homme, qu'il n'y a que
lui feul, qui puiffe y donner atteinte,
& que fa propre vertu fuffit pour le
maintenir contre toute oppofition.

Je me fuis arrêté fur les principes généraux du gouvernement Monarchique, & j'y ai eu plus souvent recours, parce qu'il me semble qu'ils font les sémences du Patriotisme, qui doivent être jettées aussi-tôt qu'il est possible, dans l'esprit du Prince ; car s'il ignore les vrais principes du gouvernement, il ne pourra s'en proposer les véritables fins, ni en faire la base de sa conduite. Il n'y a pas dans tous les ouvrages de Milord Bacon une plus profonde ni une plus fine observation, que celle que je vais appliquer & paraphraser dans cette occasion. Le remede le plus court, le plus noble, & le plus efficace qu'on puisse opposer au mouvement incertain & irrégulier de l'esprit humain, agité par différentes passions, poussé par différentes tentations, penchant quelquefois vers l'état de perfection morale, & plus souvent vers un état de dépravation, seroit, dit-il, de prendre pour modéles des objets vertueux, & de choisir ceux qui paroissent les plus proportionnés aux moyens que nous avons de les ſuivre, & qui ſont les plus analogues à l'état où nous nous trouvons, & aux devoirs de cet état: nous devons tellement y déterminer & y fixer notre eſprit, que le ſoin de leur reſſembler devienne la principale affaire de notre vie, & que le bonheur de les égaler en ſoit le but. Alors nous imiterons les grandes opérations de la nature, & non celles de l'art, toujours lentes, foibles & imparfaites. Nous ne devons pas procéder en formant un caractére moral, comme un Statuaire en formant une ſtatue, dont il travaille quelquefois la tête, & tantôt une autre partie ; mais nous devons nous conduire comme la nature agit en formant un animal, ou toutes autres de ſes productions : *Rudimenta partium omnium ſimul parit & producit ;* elle jette à la fois le ſyſtême entier de chaque être, & les principes de toutes les parties. Tous les végétaux & les animaux croiſſent en volume, & augmentent en force ; mais ils ſont les mêmes, dès le commencement.

Ainfi notre Roi Patriote doit être Patriote dès le premier moment ; il doit l'être en réfolution avant qu'il puiffe l'être en pratique ; il doit fixer d'abord les principes généraux, & les fins de toutes fes actions, & fe déterminer à les prendre pour la régle & l'objet de fa conduite : il aura alors fi puiffamment dirigé le penchant de fon efprit vers les perfections du caractére de Roi, qu'il en exercera toutes les vertus avec facilité, & comme s'il y étoit déterminé naturellement : elles lui feront fuggerées en toute occafion, par les principes dont fon efprit fe trouvera imbu, & par les fins qui feront conftamment les objets de fon attention.

Voyons de quelle maniére, & avec quel fuccès il fe conduira dans la plus grande occafion qu'il puiffe avoir d'exercer fes vertus ; la confervation de la liberté, & le rétabliffement d'une conftitution libre.

La liberté d'une conftitution eft fon-

dée fur deux points ; les *ordres* font le premier , ainfi les appelle *Machiavel* ; & je
ne crois pas qu'on puiffe leur donner un
nom plus expreffif : il entend par-là non-
feulement les formes & les coûtumes ,
mais les différentes claffes & affemblées
des hommes, avec leurs différens pouvoirs
& privileges : l'autre point confifte dans
l'efprit & le caractére du peuple ; de leur
conformité & de leur harmonie , dépend
la confervation de la liberté. Il n'eft pas
poffible de détruire & , de changer effentiellement les ordres ; tandis que l'efprit &
le caractére du peuple demeurent dans la
pureté & la vigueur de leur origine , & la
liberté ne peut être détruite par ce moyen,
à moins que l'entreprife ne foit faite avec
une force militaire , fuffifante pour con-
quérir la Nation qui ne fe foumettroit
pas alors , mais qui feroit conquife ,
fans même que le Conquérant y trouvât
beaucoup de fûreté ; mais les ordres de
l'Etat peuvent être effentiellement alté-
rés , & fi l'efprit & le caractére du peuple

étoient perdus, cette altération des ordres entraîneroient plus certainement la perte de la liberté, que s'ils étoient anéantis.

Ce moyen de détruire la liberté est si dangereux, que lorsque les circonstances le favorisent, le régne du Prince, même le plus foible, & la politique du Ministre le moins entreprenant, peuvent opérer cette destruction. Si un peuple se corrompt, il n'est pas besoin de capacité pour inventer, ni d'insinuation pour gagner, ni de plausibilité pour séduire, ni d'éloquence pour persuader, ni d'autorité pour imposer, ni de courage pour entreprendre. Les hommes les plus incapables, les plus mal-à-droits, les plus scélérats, & les plus craintifs, revêtus du pouvoir, & maîtres des Finances, suffiront pour accomplir cet ouvrage, dès que le peuple en sera complice : le luxe est avide, nourrissez-le, plus il est nourri, plus sa profusion augmente. L'indigence est la conséquence de la profusion, la vénalité, celle de l'indigence, la dépendan-

ce , celle de la vénalité : par cette pro-
greſſion , les premiers hommes d'une Nation deviendront les penſionnaires des
moindres Sujets ; & celui qui a des talens
deviendra un inſtrument aveugle & ſé-
cret de celui qui n'en a point, le déſordre ne s'arrêtera pas à une ſeule partie ,
il s'étendra bien-tôt , & corrompera le
corps entier de l'Etat.

Un Roi & un Miniſtére mépriſés , ſont
peut-être plus capables d'employer avec
ſuccès ce moyen de détruire une conſtitution libre, que ne le ſeroit un Roi & un
Miniſtére pour qui on auroit une grande
eſtime , cette même eſtime pourroit engager pluſieurs perſonnes à ſe tenir ſur
leurs gardes; mais les premiers peuvent
tirer du mépris l'avantage de n'être pas
craint; & c'en eſt un dans le commencement de la corruption. Les hommes
ſont diſpoſés à excuſer aux yeux des autres , & même aux leurs , les premiers
pas qu'ils font vers le vice , ſur-tout vers
le vice dont le public a droit de ſe plain-

dre : tels qui pourroient s'oppofer à la corruption, s'ils étoient bien perfuadés que les conféquences en feroient trop certaines pour leur laiffer aucune excufe, peuvent s'y livrer, lorfqu'il leur eft poffible de fe flater, & de flater les autres, que la liberté ne fçauroit être détruite, ni la conftitution renverfée par des mains auffi foibles que celles qui portent le fceptre, & qui tiennent les rênes de l'adminiftration ; mais le piége eft trop groffier, & l'excufe eft miférable. Ces hommes peuvent ruiner leur pays ; ils ne peuvent en impofer à perfonne, à moins que ce ne foit à eux-mêmes ; encore cette l'illufion ne leur fera-t-elle pas long-tems néceffaire, leur confcience fera bien-tôt raffurée par l'habitude & l'exemple, & ceux qui manquoient d'excufes pour commencer, n'en manqueront pas pour continuer, & pour achever la ruine de leur Patrie ; les vieillards furvivront à la honte d'avoir perdu leur liberté, & les enfans naîtront fans fçavoir qu'elle ait jamais exifté. L'efprit

d'efclavage

d'efclavage opprimera celui de liberté, & femblera le plus général; il le deviendra réellement, lorfque la corruption fera portée à fon comble, à moins que le progrès n'en foit arrêté.

Dans de telles circonftances, quel bonheur feroit plus à defirer que l'avénement d'un Roi Patriote, puifque c'en feroit un très-grand dans quelques circonftances que ce foit ? Un tel Roi peut feul fauver un pays, dont la ruine eft fi fort avancée : tout ce que peuvent faire les particuliers qui ne font point attaqués de la contagion générale, c'eft d'entretenir l'amour de la liberté dans un petit nombre de cœurs, de protefter contre ce qu'ils ne peuvent pas empêcher, & de réclamer en toute occafion, ce qu'ils ne peuvent pas recouvrir par leurs propres forces.

Machiavel, dans le difcours dont nous avons déja parlé, a traité cette queftion, fçavoir fi, lorfqu'un peuple eft corrompu, un gouvernement libre peut être

I

confervé, s'il en jouit, ou être établi, s'il n'en jouit pas; & là-deſſus, il conclut pour la difficulté, ou plûtôt pour l'impoſſibilité de réuſſir dans aucun de ces deux cas. Il aſſure avec vérité, & prouve par l'exemple de la République Romaine, que ces ordres qui ſont faits pour maintenir la liberté, tant qu'un peuple n'eſt point corrompu, deviennent inutiles & nuiſibles, quand une fois le peuple eſt livré à la corruption; pour remédier à cet abus, de nouvelles loix ne ſeront pas ſuffiſantes : ces ordres ſelon lui doivent donc être changés, & la conſtitution doit ſe plier aux mœurs dépravées du peuple; mais il montre qu'un tel changement dans les ordres, & dans les parties qui conſtituent le gouvernement, eſt impratiquable, ſoit que l'entrepriſe ſoit faite avec ménagement & par dégrés, ſoit que les meſures ſoient violentes & précipitées; & de-là il conclut qu'une République libre ne peut être ni maintenue ni rétablie par des peuples corrompus. Mais

il ajoûte que si cela étoit possible , ce seroit en ramenant la constitution , à une
forme de gouvernement Monarchique ,
afin qu'un peuple corrompu , que la loi
ne peut arrêter ni corriger , put être
retenu & réprimé par un Roi : *Accioche
quelli huomini i quali dalle leggi non pos-
sono essere corretti fussero da una podestà , in
qualche modo frenati.*

Une Monarchie libre a encore un autre avantage , sur toute autre forme de
gouvernement , outre celui d'être plus
aisément , & plus utilement tempérée ,
avec le pouvoir Aristocratique & Démo-
cratique : ces gouvernemens sont composés de différentes parties qui peuvent
être dérangées par les chocs ausquels
elles sont exposées ; elles ne peuvent pas
être corrigées dans un état de corruption ; elles doivent être en effet consti-
tuées de nouveau , & dans cette entre-
prise , elles peuvent être séparées pour
jamais. Mais il n'en est pas de même dans

un gouvernement Monarchique ; parce qu'il y a une Puiſſance coercitive , qui contient les ordres de l'Etat, comme la clef d'une voûte contient le corps entier du bâtiment.

Dans quelque forme de gouvernement que ce ſoit , il eſt impoſſible de conſer-ver la liberté par de nouveaux ſyſtêmes , tandis que la corruption du peuple con-tinue , & s'accroît journellement ; mais la rétablir & la conſerver ſous d'ancien-nes loix , & ſous une conſtitution primi-tive , en ramenant peu-à-peu dans le cœur des hommes l'eſprit de cette conſtitu-tion, eſt une choſe poſſible, & même très-aiſée à un Roi. Une République corrom-pue demeure ſans reméde , quoique les ordres & les formes en ſubſiſtent ; au lieu qu'un gouvernement Monarchique n'eſt pas ſans reſſources, tant que les ordres & les formes de la conſtitution ſubſiſtent. J'a-voue que lorſqu'ils ſont ſeuls, ils ne ſont que l'ombre & le maſque de la liberté ; ils ſervent même à une mauvaiſe cauſe , parce que le gouvernement arbitraire devient plus févére & plus affuré, fous ce déguifement, qu'il ne le feroit, s'il étoit découvert & avoué. Mais un Roi peut aifément, fans faire de violence à fes peuples, renouveller dans leurs cœurs l'efprit de liberté, en arracher le mafque, & en réalifer l'ombre.

Auffi-tôt que la corruption ceffe d'être un des expédiens du gouvernement (& elle ceffera de l'être, dès qu'un Roi Patriote fera élevé fur le trône) l'efprit de la conftitution fera rétabli; & à mefure qu'il fe ranimera, les ordres & les formes de la conftitution feront rétablis dans leur intégrité, & deviendront des barrieres contre le pouvoir arbitraire, & non le mafque, fous lequel la tyrannie peut fe cacher. La dépravation des mœurs avoit expofé la conftitution à la ruine; la réformation l'affurera. Un Roi Patriote délivrera fes Sujets, finon du crime, du moins de fes conféquences. Sous lui les hommes cefferont de faire le mal; ils appren-

dront même à faire le bien ; car en ren-
dant la vertu publique, & le mérite réel,
les feuls moyens d'acquérir dans l'Etat un
pouvoir utile, il tournera leurs paffions
du côté de la liberté, & du bon gouvernement : un Roi Patriote eft le plus puiffant de tous les Réformateurs ; car il eft
lui-même une efpéce de miracle fi rarement vû, fi peu connu, que fon appari-
tion produira certainement l'admiration & l'amour dans le cœur de tous les
honnêtes gens, jettera la confufion & la
terreur dans toutes les confciences coupables, & infpirera à tous, la foumiffion
& le refpect. Un nouveau peuple femblera naître avec un nouveau Roi ; des
Métamorphofes innombrables, telles que
les Poëtes les feignent, deviendront réelles ;
& tandis que les hommes feront perfuadés qu'ils font les mêmes individus, la
différence de leurs fentimens les per-
fuadera prefque qu'ils font changés en
des êtres différens.

Mais afin qu'on n'attende pas d'un

tel Roi, plus que ce qu'il peut exécuter, il est nécessaire de faire une observation générale, après laquelle j'entrerai dans un détail plus particulier. Il n'y a point de stabilité absolue dans l'humanité ; car ce qui existe immuablement, existe nécessairement ; & cet attribut de l'Etre Suprême, ne peut appartenir à l'homme, ni à ses ouvrages. Les gouvernemens les mieux institués, ainsi que les corps des animaux les mieux constitués, portent en eux le principe de leur destrucfection ', & quoiqu'ils croissent & se perfectionnent pour un temps ; ils tendent visiblement à leur dissolution. Chaque heure qu'ils vivent, est une heure de moins qu'ils ont à vivre. Ainsi tout ce qu'on peut faire pour prolonger la durée d'un bon gouvernement, est de le ramener, à chaque occasion favorable, aux principes sur lesquels il a été fondé ; quand ces occasions se présentent souvent, & qu'on les saisit à propos, les gouvernemens sont heureux & durables.

lorfqu'elles arrivent rarement ou qu'on en profite mal, les corps Politiques languiffent, & meurent bien-tôt.

L'occafion la plus favorable qui pourroit arriver, feroit fans contredit le regne d'un Roi Patriote. On devroit en profiter, ainfi que les gens de Mer profitent des calmes de peu de durée, pour réparer les dommages caufés par la derniere tempête, & pour fe préparer à réfifter à de nouveaux orages, car un tel Roi ne peut pas affurer à fon Peuple une fucceffion de Princes tels que lui : il fera pour y parvenir tout ce qu'il pourra par fon exemple, & par fes inftructions. Mais après tout, le Manteau Royal ne peut pas tranfmettre l'efprit de Patriotifme dans un autre Roi, comme le manteau d'Elie communiqua le don de Prophétie à Elifée. Tout ce qu'il peut faire, & ce qui mérite la plus grande reconnoiffance de la part de fes Sujets, c'eft de rétablir un bon gouvernement d'en ranimer l'efprit, de le maintenir &

de le confirmer pendant tout le cours de fon régne. Ses Peuples doivent faire le refte ; s'ils ne le font pas, ils n'auront à fe plaindre que d'eux-mêmes. S'ils le font, ils lui en auront la principale obligation. Dans l'un & dans l'autre cas, ils auront été par fon moyen libres pendant un régne de plus, & peut-être davantage, puifqu'il les laiffera mieux difpofés, & mieux préparés, pour défendre leurs libertés.

Après cette obfervation générale, entrons dans quelques détails fur les démarches qu'un tel Roi doit fuivre, & fur les mefures particulieres qu'il doit prendre, pour mériter un titre plus noble que tous ceux que tant de Princes font fi jaloux d'accumuler.

Premierement, il doit commencer à gouverner, auffi-tôt qu'il commence de regner ; car les premiers pas qu'il fera dans le gouvernement, donneront la premiere impreffion, & feront, pour ainfi-dire, le préfage de fon régne ; outre

la réputation qu'il en retirera , ils pourront être d'une grande importance à
bien d'autres égards. Son premier foin
fera fans doute de réformer fa Cour, &
d'appeller dans fon Confeil des hommes
qui fe conduiront par fes principes. Si
le précédent régne a été mauvais , nous
fçavons comment la Cour fera compofée.
Les gens qu'il trouvera en place, feront
de ces avanturiers entreprenans & har-
dis , qui fe pouffent & fe jettent de bon-
ne-heure dans les intrigues d'un parti, ou
dans le maniement des affaires d'Etat ,
fans habileté , fans ambition louable , &
même fans les apparences de la vertu ;
gens qui n'ont d'objets que de faire fortune , qui ne cherchent qu'à fatisfaire
leur avarice , & à flatter leur orgueil
par des titres & des honneurs. De tels
gens font fûrs d'être employés par un
Roi foible ou méchant ; ils féduifent l'un ,
ils feront choifis par l'autre ; & il n'eft
pas étonnant qu'ils le foient , puifque
leur peu de probité dédommage de leur

incapacité, & que tous leurs défauts deviennent des perfections de Ministre, sous un régne dont les mesures sont prises & les desseins formés, de façon que tout honnête homme les désapprouveroit. Tous ces gens prostitués qui se mettent en vente, ces sangsues qui dévorent le pays, cette multitude d'espions, de parasites & de flateurs, qui entourent le Trône, sous la protection de tels Ministres, ces essains de petits insectes nuisibles, qui bourdonnent dans chaque coin de la Cour, seront chassés, avec les Ministres qui les protégent, par un Roi Patriote.

Il en abandonnera peut être quelques-uns, non à la fureur d'un parti, mais à la justice de la Nation, non pour assouvir des ressentimens particuliers, & servir des intérêts personnels, mais pour expier les torts faits à leur pays, & devenir des exemples de terreur aux administrations futures.

La clémence fait sans doute une partie

essentielle du caractere que je m'efforce de peindre ; mais la clémence pour être une vertu, doit avoir ses bornes, qui sont assez étendues par cette maxime que j'ai lûe quelque part : *Multa donanda ingeniis puto, sed donanda vitia, non portenta* ; les fautes, & même les vices, peuvent être pardonnés ; mais non pas les crimes énormes.

On appercevra parmi la mauvaise compagnie, dont une telle Cour abondera, une espéce de gens trop bas pour être regardés avec attention, & trop hauts pour être absolument négligés. Ce sont ces Partisans de chaque Ministre, ces bas Courtisans, qui ne sont pas plus responsables des événemens, que les piéces d'un échiquier, qui sont conduites par une volonté supérieure, & sur qui on ne sçauroit faire rouler l'événement de la partie. Chaque Prince doit en avoir autour de lui ; le faste de la Cour exige qu'il en ait, & ce faste, ainsi que beaucoup d'autres choses fri-

voles , ne doit pas être réformé. Mais
quelque reſſemblance qu'il puiſſe paroître dans les caracteres de cette eſpéce
de gens , un bon Prince qui parvient au
Trône , après une injuſte adminiſtration ,
doit faire une diſtinction entre ceux qui
ont cherché à ſe plonger plus profondément dans l'iniquité , & ceux qui ont eu
aſſez de vertu pour s'en éloigner , ou
aſſez de bonheur pour n'y avoir pas eu
part. Ceci ſuffit pour le premier point.

Quant au ſecond , qui eſt d'employer
dans l'adminiſtration , des hommes qui
ſerviront le Prince ſur les principes par
leſquels il ſe propoſe de gouverner , il
n'eſt pas beſoin de s'y étendre. Un bon
Prince ne choiſira pas plus un méchant
homme , qu'un Prince habile ne choiſira
un imbécile. Il eſt cependant plus aiſé
d'être trompé dans un cas que dans l'autre , parce qu'un fripon peut être un hy-
pocrite adroit , au lieu qu'un imbécile ne
pourra jamais ſe faire paſſer pour un homme d'eſprit , ſur-tout parmi nous , où

tout homme que le rang & la réputation élévent affez pour être appellé au
Conseil de son Roi , doit avoir donné
auparavant des preuves de son Patriotifme , auffi-bien que de fa capacité.

Il y a cependant fur la capacité des
Miniftres une diftinction à faire, entre
l'homme rufé & l'homme habile ; elle eft
fondée fur une différence manifefte ,
quelqu'imperceptible qu'elle puiffe être à
des yeux foibles , ou faffinés par l'habitude. Mylord *Bacon* dit que la rufe eft
une habileté détournée. J'aimerois mieux
dire que fi elle eft une partie de l'habileté, elle en eft la plus méprifable , employée par quelques-uns , parce qu'ils ne
poffédent que celle-là ; & par d'autres ,
parce qu'elle leur paroît fuffire pour les
actions limitées qu'ils fe prefcrivent , &
pour les fins qu'ils fe propofent.

La tête de certains hommes n'en contient pas davantage , & le cœur des autres employent mal ce qu'ils fçavent ; la
rufe peut avoir de l'avantage fur un

homme très-borné ; mais beaucoup d'habileté en aura certainement fur l'homme le plus rufé. L'habileté & la rufe ont fouvent les mêmes objets ; mais l'homme habile s'en propofera d'avantage & de plus grands. Les plus petits ne rempliront pas fon ame , & ne deviendront jamais fon occupation principale ; ils feront toujours fubordonnés à fes grands deffeins. L'habileté & la rufe peuvent employer quelquefois les mêmes moyens ; mais l'homme habile s'abaiffe à ces moyens , & l'homme rufé ne peut pas s'élever au-deffus. La fauffeté & la diffimulation font , par exemple , les principales reffources d'un homme rufé. Un homme habile trouvera toujours la fauffeté indigne de lui , & il l'évitera tant qu'il pourra. La fauffeté eft comme un poignard , non-feulement une arme offenfive , mais une arme illégitime , dont l'ufage ne doit être que très-rarement excufé , & jamais juftifié. La diffimulation eft comme un bouclier ; il eft auffi impoſſible de conſerver le ſecret dans l'adminiſtration des affaires publiques, ſans quelques dégrés de diſſimulation, que d'y réuſſir ſans le ſecret. Ces deux talens des gens ruſés ſont comme l'alliage qu'on mêle avec l'or pur : un peu eſt néceſſaire, & ne fait pas perdre à la monnoye ſa juſte valeur ; mais ſi l'on en employe trop, la monnoye perd ſon cours, & celui qui la frappe ſon crédit.

Nous pouvons obſerver entre l'homme habile & l'homme ruſé, tant pour les objets qu'ils ſe propoſent, que pour les moyens qu'ils employent, la même différence qu'on remarque dans le pouvoir viſuel de différentes gens ; l'un voit diſtinctement les objets qui ſont près de lui, leur relation immédiate, & leur tendance directe, & cette vûe ſuffit pour ceux qui ne s'intéreſſent pas aux objets qui ſont plus éloignés. Tel eſt le Miniſtre ruſé ; il ne voit, ou ne s'embarraſſe pas de voir, rien au-delà de ce qu'exige ſon intérêt perſonnel, & le ſoutien de ſon adminiſtration

adminiftration. Si un tel homme fûr=
monte une difficulté actuelle , s'il évite
un malheur immédiat, fi fans venir réel=
lement à bout de l'un & de l'autre , il ga=
gne du tems, par tous les bas artifices que
la rufe fuggere , & que la baffeffe d'efprit
employe, il triomphe, & fe laiffe flatter
par fa troupe mercénaire fur la réuffite de
ces grands événemens , qui fe terminent
fouvent à fe jetter dans l'embarras par
une fuite de fauffes démarches , & à
s'en tirer par une autre. Le Miniftre habile voit , & eft obligé de voir plus loin ;
parce que le gouvernement a des intérêts
plus étendus ; il voit les objets qui font
éloignés ; auffi-bien que ceux qui font
proches ; leurs rapports éloignés , & leurs
tendances indirectes. Il fonge à la renommée qu'il faut mériter , & la préfére aux
applaudiffemens qu'on peut acheter. Il
confidére fon adminiftration comme un
feul jour dans la grande année du gouvernement, comme un jour affecté par
ceux qui l'ont précédé , & qui doit af-

K

fecter ceux qui le fuivront. Il combine
& compare tous ces objets , leurs rapports & leurs tendances ; & le jugement
qu'il porte fur le tout , & non fur quelques parties , eft la régle de fa conduite.
Ce plan des raifons d'Etat, toujours ou-
vert devant un Miniftre habile , contient
les grands principes du gouvernement ,
& les grands intérêts de fon pays ; de
façon qu'en même tems qu'il prépare
quelqu'événement , il fe précautionne
contre d'autres , foit qu'ils doivent arriver pendant fon adminiftration, ou dans
les tems à venir.

Les réflexions que je viens de faire ,
pourroient être fortifiées par beaucoup
d'exemples ; j'en pourrois tirer des gens
que j'ai vû à la tête des affaires , offrir
un contrafte frappant entre les hommes
d'une grande habileté , & ceux dont tous
les talens confiftoient dans la rufe ; mais
je termine cet article afin de paffer à un
autre , qui n'eft pas moins important.

Il eft fi effentiel au caractere d'un Roi

Patriote de n'épouser aucun parti, mais de gouverner son Peuple comme un pere commun, que celui qui se conduit autrement, en abandonne le titre. C'est le privilége particulier & la gloire de ce caractere, que les Princes qui en sont revêtus, & eux seuls, loin d'être obligés, ne sont seulement pas tentés de gouverner par un parti, qui finit toujours par être une faction; faction du Prince, s'il est habile, celle de ses Ministres, s'il ne l'est point, l'oppression du Peuple dans l'un & l'autre cas.

La vraie image d'un Peuple libre, gouverné par un Roi Patriote, est celle du Patriarche d'une famille, dont la tête & tous les membres sont unis par un intérêt commun, & animés par un même esprit : si quelqu'un étoit assez pervers pour en avoir un autre, il seroit aussi-tôt accablé; & loin de faire une division, il ne feroit que confirmer l'union de ce petit Etat. Personne, je crois, ne disconviendra qu'on doit desirer dans chaque

K ij

état d'approcher, autant qu'il eſt poſſible, de ces idées d'un gouvernement parfait ; la ſeule queſtion qu'il reſte à faire, eſt de ſçavoir à quel degré on peut en approcher ; car ſi cette entrepriſe n'eſt pas abſolument impratiquable, toutes les vûes d'un Roi Patriote doivent y être dirigées ; au lieu de fomenter les diviſions de ſon Peuple, il s'efforcera de les réunir, & d'être lui-même le centre de leur union ; au lieu de ſe mettre à la tête d'un parti pour gouverner ſon Peuple, il ſe mettra à la tête de ſon Peuple, afin de gouverner, ou plutôt afin de ſubjuguer tous les partis. Pour parvenir à cette union deſirable, & pour la maintenir, on trouvera plus de difficultés dans certains cas que dans d'autres ; mais elle ne paroîtra jamais impoſſible à un bon Prince.

Si les Peuples ſont unis dans leur ſoumiſſion, & dans leur attachement au gouvernement établi, un Prince qui projette d'étendre ſon pouvoir au-delà de celui que la conſtitution lui donne, doit non-

feulement époufer , mais créer un parti ;
parcequ'il peut efpérer d'obtenir dans les
défordres de l'Etat , ce qu'il n'auroit pas
obtenu dans des tems tranquilles,& parce
que les partis divifés lui accorderont ce
que la Nation réunie ne lui accorderoit
point. Les partis , avant qu'ils dégé-
nerent en faction abfolue , font toujours un nombre de gens affociés enfemble pour certaines caufes , & pour certains intérêts , dont les autres ne con-
viennent pas. Des intérêts perfonnels deviennent bien-tôt prédominans ; on fe
conduit alors comme dans l'Eglife ; l'intérêt du parti eft fuppofé celui de l'Etat,
comme l'intérêt de l'Eglife eft fuppofé celui de la Religion ; & avec ce prétexte, &
cette préfuppofition, les intérêts de l'E-
tat deviennent, comme ceux de la Religion, des objets éloignés, jamais pourfuivis pour leurs propres biens , toujours
facrifiés à des intérêts particuliers. C'eft
pourquoi un Roi , qui a de mauvais
deffeins à ménager , doit s'efforcer de

diviſer un Peuple qui eſt uni ; & en mê-
lant , ou paroiſſant mêler ſes intérêts
avec ceux d'un parti , il réuſſira peut-
être , & ſon parti & lui pourront partager les dépouilles d'une Nation ruinée
Mais un tel parti devient alors une faction , un tel Roi eſt un tyran , & un tel
gouvernement eſt une conſpiration. Un
Roi Patriote doit renoncer à ſon caractere , s'il a de tels deſſeins , on agira contre ſes propres deſſeins , s'il ſuit de tels
principes ; mais l'un & l'autre ſont trop
abſurdes pour être ſuppoſés. Il réſulte
donc que toutes les bonnes fins d'un
gouvernement étant plus aiſées à atteindre dans un Etat uni , & les diviſions d'un
Peuple ne pouvant ſervir qu'à une mauvaiſe fin , un Roi Patriote eſtimera l'u-
nion de ſes Sujets le plus grand avantage , & ſe croira heureux de trouver établie une union à laquelle il auroit tra-
vaillé tout le tems de ſa vie. Ceci paroît ſi ſimple , que je me reproche d'y
avoir inſiſté.

Mais suppofons qu'un Etat foit divifé, ce qui arrivera plus fouvent dans des gouvernemens libres ; fur-tout après des adminiftrations injuftes & foibles, un tel Etat peut être plus ou moins mauvais, & les grandes fins d'un Roi Patriote peuvent être plus ou moins aifées à atteindre, felon les différentes efpéces de divifions ; ainfi nous confidérerons cet Etat fous différens jours.

Un Peuple peut être uni dans fa foumiffion au Prince & au gouvernement, & être divifé fur les principes généraux où fur les mefures particulieres du gouvernement. Dans le premier cas, il fera à l'égard de la conftitution de l'Etat, ce qui a été fait fouvent à l'égard de l'Ecriture-Sainte : il la fera plier à fes propres idées & à fes préjugés ; & s'il ne le peut pas, il l'altérera autant qu'il lui fera poffible. Dans le fecond cas, il foutiendra ou oppofera des actes particuliers d'adminiftrations, & défendra ou attaquera les perfonnes en place. Dans les deux

K iv

çàs, il peut s'élever des difputes de parti ;
mais elles ne cauferont pas de grandes
difficultés à un Prince, qui, indépendamment de tous les partis, defire l'u-
nion de fes Sujets, & la profpérité de
fon Royaume.

Lorfque les partis font divifés, fur
différens principes, concernant quelques
inftitutions particulieres, foit Eccléfia-
ftiques, foit Civiles, la conftitution de
l'Etat qui devroit leur fervir de régle,
doit être celle du Prince. Il peut, &
il doit témoigner fon mépris, ou montrer fa faveur, felon qu'il juge que la
conftitution peut être en dommagée
par les uns, ou perfectionnée par les
autres. Il ne doit jamais fouffrir le mal,
pas même pour fon propre intérêt, ni
en faveur d'une troupe de gens factieux,
fantafques ou ambitieux. Il doit toujours
defirer la réforme ; mais comme toute
nouvelle modification, dans un plan de
gouvernement, & de police nationale,
eft de grande importance, & demande

plus d'attention & des considérations
plus profondes, que la chaleur, le dé-
sordre, & la précipitation des partis ne
peuvent en admettre, un Prince doit
employer son autorité, pour rendre leur
conduite plus réglée & plus réfléchie,
lors même qu'il approuve les fins qu'ils
se proposent. Il peut effectuer tout ceci,
sans fomenter de divisions; & loin de
former ou d'épouser aucun parti, il dé-
truira les partis, pour défendre la constitution, & il engagera les hommes, qui
agissoient par esprit de parti, à agir par
un esprit national.

Lorsque la division est fondée sur
des mesures particulieres du gouvernement, & n'a d'objet que la conduite de
l'administration, un Roi Patriote aura
aussi peu besoin de former un parti dans
ce cas que dans l'autre. Sous son regne,
les occasions de former une opposition
de cette nature seront rares, & les pré-
textes en seront communément foibles.
Les motifs perdent beaucoup de leurs

forces , lorfqu'un gouvernement eft en grande réputation, & lorfque les Sujets ont lieu de s'applaudir de ne fentir en aucune occafion la tyrannie d'un parti, quoiqu'il y en ait qui fentent quelque-fois le poids du Sceptre ; ces occafions cependant peuvent arriver , & il peut y avoir des raifons, auffi bien que des pré-textes, pour former une oppofition, mê-me fous un bon regne : au moins nous le fuppoferons , afin de renfermer dans cet argument tous les cas poffibles. On attaquera les méprifes & les abus du gouvernement, & les Miniftres feront pourfuivis par leurs ennemis. Dans ce cas, le Prince qui eft fur le Trône, for-mera-t-il un parti, par fon intrigue, & par de fourdes manœuvres ? il n'y a point de doute. Lorfque le Prince & les Miniftres font également coupables ; lorfque chaque point doit être défen-du, de crainte que la moindre chofe n'échappe, qui puiffe dévoiler le plan vicieux & faux du gouvernement , &

découvrir à la vûe du Public, la turpi-
tude de l'adminiſtration, on doit ſe conduire ainſi, & on doit former un parti,
parce qu'il n'y a qu'un tel parti, qui
puiſſe ſoutenir une telle conduite. Mais
un Prince, qui ne ſe trouve pas dans
cette ſituation, n'aura pas recours à ces
moyens; il en a de plus nobles & de
plus efficaces. Il ſçait que les vûes de
ſon gouvernement ſont juſtes, & que les
principes de ſon adminiſtration ſont
bons. Mais il ſçait que ni lui, ni ſes Miniſtres ne ſont infaillibles, qu'il peut y
avoir des abus dans ſon gouvernement,
des mépriſes dans ſon adminiſtration,
& qu'il peut être coupable dans ſes Miniſtres, qu'il n'a pas aſſez obſervés. Il
n'imputera pas les plaintes, qui lui donnent occaſion de les obſerver, à un eſprit de parti. Il ne traitera pas ceux qui
les forment, comme des incendiaires,
& comme les ennemis de ſon gouvernement; au contraire, il diſtinguera la voix
de ſon Peuple, des clameurs d'une fac-

tion, & il y aura égard. Il redreſſera ſes torts, corrigera ſes fautes, réformera ou punira ſes Miniſtres. Il ſe conduira, comme un bon Roi, & un Prince habile, de façon que ſa dignité ſera maintenue, & que ſon autorité augmentera avec ſa réputation.

Si les efforts d'une ſimple faction n'ont d'objet que de calomnier ſon gouvernement, de troubler l'adminiſtration, ſur des prétextes ſans fondemens, & ſur de foibles raiſons, il ne négligera pas, mais il n'appréhendera point des projets mépriſables, & de peu de durée. Il n'auroit en effet aucune raiſon de les craindre, quoique les perſonnes coupables de mauvaiſes adminiſtrations, s'efforcent d'inſinuer, que toutes les fois qu'il y a une oppoſition, leurs Maîtres ſe trouvent dans une poſition ſemblable à celle des meilleurs Miniſtres, & ſont, ainſi qu'eux, l'objet de l'envie générale, & de la malice des Particuliers. Il eſt certain qu'une oppoſition ſans fondement, dans une Monarchie bien réglée, ne peut jamais être forte & durable. Pour être convaincu de cette vérité, qu'on fe rappelle avec quelle facilité les attaques les mieux fondées ont été détruites, & combien il y en a peu qui ayent réuffi contre les adminiftrations les plus méchantes & les plus foibles. Nos Rois ont affez de moyens pour détruire & calmer les oppofitions. Mais un Roi Patriote a cet avantage fur les autres, qu'il peut affurer fa caufe fur la pureté de fon adminiftration, fur la force conftitutionnelle de fa Couronne, & fur l'approbation de fon Peuple, à qui il peut en appeller, & par qui il fera foutenu.

J'ajouterai qu'une oppofition fans fondement, ne peut gueres arriver fous un mauvais regne; parce qu'on y donnera certainement de juftes occafions d'oppofition. Mais qu'elle foit bien ou mal fondée, qu'elle foit produite par la Nation, ou par une fimple faction, la conduite du Prince fera la même ; & d'une façon ou d'une autre, elle doit avoir des suites funestes. Un tel Prince ne réformera pas l'administration, tant qu'il pourra résister à l'opposition la plus juste & la plus populaire. Ainsi elle se soutiendra & s'augmentera aussi long-tems que la constitution sera dans sa force, & que l'esprit de liberté sera conservé. Le changement même de ses Ministres, sans celui de sa conduite, ne la termineroit pas : l'un sans l'autre, seroit regardé comme une chimère, par tout homme dont l'opposition ne sera pas fondée sur un principe de faction, & dont l'objet ne sera pas de parvenir au pouvoir, à quelque prix que ce soit, pour l'employer, peut être plus mal encore, que ceux qu'il tache de déplacer. Si de tels gens abondent, (& ils abonderont vers le déclin d'un gouvernement libre,) un mauvais Prince, soit qu'il change ou ne change point ses Ministres, peut espérer de gouverner par l'esprit & l'art d'une faction contre l'esprit & la force de la nation.

Son caractere peut être trop bas, celui de ses Ministres trop odieux, pour être les premiers auteurs d'une faction capable de les défendre. Mais ils peuvent employer à leurs desseins un parti déja formé dans des occasions bien différentes, & déterminer un grand nombre de gens, à combattre pour une cause pour laquelle plusieurs d'entr'eux ne se seroient pas engagés : les noms & l'animosité des partis peuvent être conservés, lors même que les causes qui les avoient formés, ne subsistent plus.

Lorsqu'un parti est ainsi ranimé, & persiste dans l'esprit de faction, les membres corrompus & insensés de ce parti, agiront sans égard au bien ou au mal; & ceux qui avoient défendu la liberté sous un regne, l'abandonneront sous un autre, & soutiendront des prétentions contre lesquelles ils s'étoient opposés. Si la cause de la Nation prévaut contre les moyens affreux de la corruption & de la division, qu'un Prince obstiné, &

qu'un Miniftre corrompu peuvent employer, la réfiftance fera longue. Le Roi & le Peuple feront expofés aux embarras & aux dangers les plus grands. Ce que le Prince peut efpérer de mieux dans un tel cas, fera d'échapper avec la diminution de fa réputation, de fon autorité & de fon pouvoir. Il peut être expofé à de plus grands malheurs encore, & fon obftination peut porter les chofes à une telle extrêmité, que ceux même qui lui font oppofés, s'en affligeront ; extrêmité que la confervation de la liberté & du bon gouvernement, peut feule juftifier. Si les moyens affreux dont j'ai parlé, prévalent, la faction fe répandra dans toute la Nation ; on n'examinera point fi une oppofition eft bien ou mal fondée, & la difpute entre les partis fe réduira à fçavoir qui doit gouverner, & non comment ils feront gouvernés. En un mot, une confufion générale s'en fuivra, & une victoire complette, de quelque côté qu'elle foit, mettra tous

les

les autres partis dans l'efclavage.

Je n'ai point groſſi les objets ; de tels effets feront la fuite néceſſaire d'une telle conduite. Un Prince doit donc trouver plus facile, plus agréable, plus honorable de corriger une mauvaiſe adminiſtration, s'il ne l'a pas prévenue, afin que toutes les fois qu'une faction prétendra former une oppoſition contre lui, il puiſſe aſſurer ſa cauſe ſur la force de ſa Couronne, & ſur l'approbation de ſon Peuple.

Un Roi Patriote ſe conduira ainſi : il peut quelquefois favoriſer un parti & en décourager un autre ; mais il n'en épouſera, ni n'en proſcrira aucun. Encore moins fera-t-il l'action la plus baſſe & la plus imprudente, que puiſſe faire un Roi, celle de s'engager dans aucun parti. Son unique objet ſera de ſuivre les vrais principes du gouvernement, & par ſon exactitude à s'y conformer, ſon regne deviendra une preuve indubitable & glorieuſe, qu'un bon & habile Prince peut unir

L

ſes Sujets, & être le centre de leur union.

Examinons maintenant la ſituation de l'Etat, toutes les fois que le Peuple ſera diviſé ſur la ſoumiſſion dûe à ſon Prince, & qu'il aura aſſez de force & de courage pour s'oppoſer, même les armes à la main, au gouvernement établi. Dans ce cas, quelque déſeſpéré qu'il paroiſſe, un Roi Patriote n'abandonnera pas le projet de réunir ſes Sujets, & de les ramener. Il peut être obligé, ainſi que le fut Henri IV. Roi de France, de ſoumettre ſes propres Sujets; mais alors, ainſi que ce grand Prince, s'il eſt le vainqueur de ſon Peuple, il en ſera auſſi le pere. Il doit s'armer contre ceux qui ont oſé prendre les armes contre lui; mais il les pourſuivra comme des enfans rebelles qu'il cherche à ramener, & non comme des ennemis irréconciliables qu'il s'efforce d'exterminer.

Un autre Prince peut étendre le feu de la guerre civile, par une ſévérité déplacée, animer contre lui ceux qui n'é-

toient qu'indifférens, & déterminer le
mécontentement des autres à une rébellion ouverte; lorsqu'il a abattu la faction
que lui - même a aidé à former, & qu'il
n'auroit certainement pas détruite, si toute la Nation avoit été révoltée contre lui,
il peut attribuer son succès à un parti,
afin d'avoir le prétexte de gouverner par
ce parti; & loin de réconcilier les esprits
qui avoient été aliénés, & de réunir ses
Sujets dans une soumission volontaire,
il peut être satisfait de se maintenir sur
le trône par la force, triste moyen
qu'employent les usurpateurs & les tyrans. Mais un Roi Patriote agira avec
un autre esprit, & aura constamment
de plus nobles & de plus grandes vûes;
l'amour de ses Sujets pourra seul le contenter, & il ne croira pas son trône
bien établi, s'il ne l'est dans leur cœur:
afin d'avoir le tems de les gagner, il tâ-
chera d'étouffer la flamme par art ou par
ménagement, s'il ne le peut pas, il s'efforcera d'empêcher qu'elle ne s'étende;

& fi la frénéfie de la rébellion fait
échouer fes efpérances , il donnera la
paix dans le fort de la guerre , ainfi que
le Héros dont nous avons parlé : comme
lui , il renoncera aux avantages qu'il auroit eus en continuant la guerre , plûtôt
que de perdre une occafion de ramener
fes Sujets ; comme lui , il les épargnera
dans la chaleur du combat , & montrera
de l'affabilité dans le moment du triomphe. Il calmera par fa valeur la violence de l'incendie, & par fa modération,
il en éteindra jufqu'aux étincelles.

Il peut arriver qu'un Prince, capable
de tenir une conduite fi fage, n'ait pas
occafion de l'exercer. Il peut fuccéder
au trône , après qu'on aura tenu une
conduite contraire, & lorfque parmi d'autres divifions, qu'une mauvaife adminiftration , & que la tyrannie d'une faction
ont augmentées, il fubfifte contre le gouvernement un parti puiffant , quoiqu'il
n'ait pas les armes à la main. On fçait
affez ce que dans de telles circonftan-

ces , & fous un Prince foible , une faction en autorité peut faire, en réuniffant à
elle tous ceux qui s'oppofoient à l'adminiftration, ou en faifant également cráin-
dre au Prince les ennemis du parti qui
ne cherchent point à lui faire du mal ,
ou fes propres ennemis qui font dans
l'impuiffance de lui en faire ; mais un artifice fi groffier n'en impofera point à
un Prince d'un autre caractére : il verra
par cet exemple, combien les factions en-
gendrent , nourriffent & perpétuent les
factions ; il obfervera combien celles de
la Cour ont contribué à en former d'autres , & à les tenir toujours en crédit,
parmi les hommes qui confidérent plus
ceux contre qui ils s'oppofent, que l'objet fur lequel ils fondent leur oppofition.
Il obfervera combien celle des mécon-
tens donne prétexte à l'autre , qui fait
un monopole du pouvoir & de l'argent;
l'un opprime la Nation, & l'autre l'appau-
vrit. Il découvrira bien-tôt que ces factions ne font formées que par une foi-

ble partie du peuple , & qu'il dépend de
lui de les diffiper , parce que le crédit des
unes naît entiérement de fon autorité
& de fon argent , & que l'abus qu'elles
en font , autorife & accrédite les autres.
Alors les mefures qu'il doit prendre ,
pour parvenir à l'union de fes Sujets , lui
paroîtront extrêmement aifées ; & comment ne le feroient-elles pas ? Une des
factions eft détruite auffi-tôt que le Prince a retiré fa faveur ; & dès ce moment,
l'autre eft défarmée. Les hommes qui for-
moient ces factions , ne trouveront pas
de réfuge , fous une bonne & fage adminiftration ; car foit qu'ils avouent leur
principe , en refufant de prêter les fermens de fidélité , que les loix demandent,
foit qu'ils fe parjurent en les prêtant , ils
feront connus également. Il n'y aura entr'eux d'autre différence , que celle qui
naîtra du plus grand degré d'infamie ;
les premiers peuvent paffer pour des foux,
les autres doivent paffer néceffairement
pour des fripons.

Les termes dont je me fers font durs ;
mais la cenfure eft jufte, & on la jugera-
telle, fi l'on fait quelques réfléxions fur
la conduite de nos *Jacobites* ; je ne demande pas d'exemples plus forts, pour
juftifier les termes dont je me fuis fervi.

On peut faire actuellement aux *Jacobites*, foit qu'ils prêtent ferment, ou n'en
prêtent point, une objection particuliere,
qu'on ne pouvoit pas faire, à ceux qui
étoient autrefois ennemis du Roi régnant.
Dans le tems des factions d'*York* & de
Lankafter, par exemple, un homme pouvoit être contre le Prince, fans être contre la conftitution de fon pays : elle tranf-
portoit la Couronne par droit héréditaire dans la même famille ; & celui qui
étoit du parti d'*York*, ou celui qui étoit
du parti de *Lankafter*, pouvoit prétendre, & je ne doute pas qu'il ne préten-
dît, dans chaque difpute, que ce droit
étoit de fon côté. La même conftitution
étoit reconnue des deux partis ; c'eft pourquoi la loi montroit tant d'indulgence

pour chacun. Au moins dans le tems d'Henri VII. cette foumiffion à un Roi *de facto*, n'étoit pas regardée comme un crime, ni pour l'un, ni pour l'autre ; de même en defcendant plus bas dans l'hiftoire, lorfque l'exclufion du Duc d'*York* fut preffée fous le régne de Charles II. le droit de ce Prince à la Couronne, ne fut pas difputé ; fon droit divin, tel que fon grand-pere & fon pere l'avoit confervé, ne fut pas beaucoup regardé ; mais fon droit par la conftitution, fon droit légitime, fut fuffifamment avoué, par ceux même qui infifterent fur une loi, qui l'excluoit de la Couronne, & qu'ils regarderent comme néceffaire. Chaque *Jacobite* actuellement, va au-delà de tous ces exemples ; il eft rebelle à la conftitution, fous laquelle il eft né, auffi-bien qu'au Prince qui eft fur le trône. La loi de fon pays a établi le droit de fucceffion dans une nouvelle famille. Il s'oppofe à cette loi, & foutient fur fa propre autorité, non-feulement un

droit contradictoire, mais un droit qu'elle
a éteint. Cette absurdité est telle , que
pour la défendre , il faut en avancer une
plus grande , & soutenir qu'aucun pouvoir sur la terre , n'a pû altérer la constitution à cet égard , ni éteindre dans la
Maison de *Stuard* un droit à la Couronne, qui provient d'une autorité supérieure,
puisqu'elle naît d'une autorité divine. Si
ce prétexte, pour refuser de se soumettre
aux loix de son pays, étoit une fois admis, il serviroit tout autre dessein, aussi-
bien que celui pour lequel il est avancé.
Nos Fanatiques l'employerent autrefois ;
& je ne vois pas pourquoi un *Millenaire* *
n'avoit point anciennement autant de
droit de s'en servir, qu'un *Jacobite* en a
actuellement ; mais si la conscience, qui
est une opinion particuliere, peut excu-
cuser le *Millenaire* & le *Jacobite* de tout
reproche , excepté de ceux de chiméres

* Sectaires qui croyent que le régne de J. C.
s'établira sur la terre après la Résurrection, & du-
rera mille ans. V. B. art. *Cerinthus.*

& de folie, comment le dernier s'excu-
fera-t-il , lorfqu'il parjure les principes
qu'il garde , reconnoît un droit auquel
il renonce, prête des fermens, avec l'intention de les violer , & appelle Dieu à
témoin d'un menfonge prémédité ? Quelques Cafuiftes ont été employés pour ex-
cufer ces hommes à eux-mêmes & aux
autres, mais en vérité les Cafuiftes dé-
truifent par diftinction & exceptions toute morale, & effacent la différence effentielle qu'il y a entre le vrai & le faux,
entre le bien & le mal : ainfi les Sco-
laftiques fe font conduits en plufieurs occafions , & en particulier les enfans de
Loyola ; & je fouhaiterois de tout mon
cœur, que rien de femblable ne pût
être objecté à d'autres Théologiens. On
a aufli employé pour la même caufe quelques raifonnemens politiques : on a dit
que la conduite de ceux qui attaquent
l'établiffement auquel ils fe foumettent
par ferment , eft juftifiée par les principes de la révolution ; mais rien ne peut

être plus frivole & plus faux. Par les principes de la révolution, un Sujet peut sans doute s'opposer à un Prince qui cherche à ruiner son peuple, & qui travaille à le mettre dans l'esclavage. Il peut pousser cette résistance jusqu'à son détrônement, & jusqu'à l'exclusion de toute sa race ; mais parce que nous pouvons justement prendre les armes contre un Prince, dont à la vérité nous avons reconnu le droit de gouverner, mais qui l'a perdu par de nouveaux actes, s'en suivra-t-il, que nous pouvons nous soumettre à un droit que nous ne reconnoissons pas, & nous opposer à un Prince qui par sa conduite, n'a pas perdu le droit que nous lui avons juré, & qui par conséquent, ne nous a donné aucune juste raison, pour nous reléver de nos sermens ?

Je n'étendrai pas plus loin cette digression ; c'est un sujet que j'ai traité dans des écrits publics : je n'en ai pas vû de réfutation ; & vrai-semblablement, je n'en

verrai jamais. Je dis donc que des factions femblables à celles dont nous avons
parlé, ne peuvent apporter d'obftacle à
un Prince, qui cherche l'union de fes
Sujets, & ne fçauroient troubler la paix
de fon gouvernement. Les hommes qui
les compofent doivent être défefpérés &
impuiffans, le plus méprifable de tous
les caractéres. S'ils font abandonnés à
eux-mêmes, & à leurs préjugés criminels, qu'ils n'ont ni l'efprit, ni le courage d'écarter, tout honnête homme s'é-
loignera d'eux, comme des plus vils humains: mais fi un Prince par bonté, ou
par politique, croyoit devoir les prendre fous fa protection, & détruire leurs
erreurs, il pourroit faire ceffer leur divifion. Quand on n'a pas vû l'intérieur
des partis, qu'on n'a pas eu occafion
d'examiner de près leurs motifs fecrets,
on ne conçoit que difficilement le peu
de fondemeut de leur conduite, qu'ils
croyent cependant appuyée fur des principes. La raifon a peu de crédit fur la

multitude ; un tour d'imagination , auſſi
violent & auſſi ſubit qu'un coup de vent,
détermine leur conduite , & la paſſion
paſſe pour principe , quand elle ſe tourne
en habitude. Ce qui donna la force , &
devint l'eſprit du parti *Jacobite* , après
l'avénement du dernier Roi , ne fut autre choſe qu'une révolution ſubite de
l'imagination d'un parti , qui paſſa rapi-
dement , de la tranquillité & de la ſoumiſſion , au reſſentiment & à la rage ; les
principes eurent auſſi peu de part à cette
révolution , que la raiſon en eut pour la
conduire. Ceux qui avant ce moment
étoient ſages & modérés , ne penſerent
enſuite qu'à ériger un *Thoris* Roi , contre un *Whig* Roi ; & lorſqu'on demanda
à quelques-uns , s'ils étoient aſſurés qu'un
Roi *Papiſte* feroit un bon *Thoris* Roi ,
ou s'ils étoient déterminés à lui ſacri-
fier leur Religion & leur liberté , ils ré-
pondirent que non , qu'ils prendroient
les armes contre lui , s'il attaquoit un de
ces deux points , que cela pourroit peut-

être arriver fix mois après fon rétabliffement ; mais qu'en attendant , ils s'effor-
ceroient toujours de le rétablir. Ceci
n'eft pas un fait exageré , ainfi je vous
laiffe à juger , à quoi on doit attribuer
de tels fentimens & une telle conduite,
fi c'eft au principe , ou à la paffion , à
la raifon , ou à la folie. Ce qui fonde
l'opiniâtreté fans force , & l'obftination
fans vigueur des *Jacobites* de ce tems,
eft un autre tour d'imagination , ou plûtôt le même, qui fe montre fous une autre forme , c'eft une habitude factieufe ,
convertie en fauffes idées de politique
& d'honneur. On leur a perfuadé qu'en
fe joignant enfemble, ils font d'un poids
confidérable , qu'on peut jetter dans la
balance, pour la faire pencher dans un
grand événement ; & qu'en attendant,
ils peuvent fe flater de l'honneur d'être
un parti ferme, quoique perfécuté. Ainfi
ils demeurent conftamment attachés à
des engagemens, que beaucoup d'entr'eux fouhaiteroient , dans le fond du

cœur , n'avoir jamais pris ; & ils fouf-
frent pour des principes qu'ils ne hafar-
dent de foutenir , que par des propos,
que le vin leur infpire.

Il réfulte donc de tout ce que j'ai dit ,
& des réfléxions qui en peuvent naître,
que dans quelques jours que nous con-
fidérions un Etat divifé , il n'y en a aucun, où ces divifions puiffent paroître
fans remède , & où l'union des membres
avec le chef foit impraticable. Il peut arriver dans ce cas , que des chofes peu
communes, paffent pour impoffibles ; &
comme rien n'eft plus rare qu'un Roi
Patriote , il n'y aura pas lieu de s'étonner, fi les effets naturels de fa conduite,
paroiffent impoffibles à bien des gens;
mais il y a quelque chofe de plus. Quoique l'union dont nous avons parlé, in-
téreffe fi fort le Roi & le Peuple , que
leur gloire & leur profpérité doivent augmenter, ou diminuer à proportion qu'ils
en approchent , ou s'en éloignent, cependant ils fe laiffent fouvent aveugler

par l'ambition des particuliers, & rien n'eftplus oppofé au Patriotifme. L'intérêt des uns eft de divifer, au lieu d'unir, & de gouverner par le manége des partis & des factions, au lieu de gouverner par un accord national ; c'eft pourquoi ceux qui font échauffés par leurs propres intérêts, fans avoir à cœur ceux de la Nation, fe déclarent pour la divifion, comme ils font pour la corruption, contre l'union, & contre l'intégrité du gouvernement. Ils ne déclareront cependant pas directement, que la divifion & la corruption, à les confidérer à part, doivent être préférées ; mais ils affirmeront avec de grands airs de fuffifance qu'on ne peut remédier à ces deux maux, & ils concluront de-là que dans la pratique, il eft néceffaire de s'y conformer. Le fubterfuge une fois admis, il n'y a pas de mefures fauffes, & contre les mœurs, qui dans le manége politique ne puiffent être avouées & recommandées. Mais ces gens qui fe flatent

tent d'échapper par cette voye, se là ferment eux-mêmes ; leur conduite fait leur condamnation, puisqu'ils travaillent en fomentant les divisions, & en répandant la corruption, à faire naître cette même nécessité qu'ils ont alléguée pour excuse. Il n'y a dans le fond aucune nécessité de cette espéce ; car il paroît aussi absurde de dire, que les divisions populaires doivent être fomentées, parce qu'on ne peut pas procurer une union générale, qu'il le seroit de dire, que le poison doit être insinué dans une plaie ; parce qu'on ne peut la guérir. La pratique de la morale dans la vie privée, ne parviendra jamais à la perfection idéale ; mais devons-nous pour cela nous permettre tout ce qui est contre les mœurs ? & ceux qui sont chargés de notre instruction, doivent-ils travailler à nous rendre les plus scélérats des hommes, parce qu'ils ne peuvent nous rendre parfaits ?

L'expérience de la dépravation de la nature humaine, nous a fait desirer de

M

nous unir en société & sous un gouvernement, afin de nous mieux défendre ;
mais cette même dépravation a inspiré
bientôt à quelques-uns le dessein d'employer les sociétés pour envahir, pour dépouiller les sociétés, & pour troubler le
repos des hommes, avec plus de force & de
succès qu'ils n'en auroient eu, s'ils étoient
demeurés seuls.   On tient la même conduite dans l'intérieur des Etats, & la paix
en est troublée par les mêmes passions.
Quelques-uns de leurs Membres se contentent des avantages ordinaires de la
société, & employent leurs talens pour
procurer le bien public ; mais il y en a
qui se proposent pour objet un intérêt
particulier, & afin de le ménager plus
efficacement, ils s'associent avec d'autres ; les factions font alors, ce que les
Nations font dans le monde ; ils s'enva-
hissent & se pillent, & tandis que chacun poursuit un intérêt séparé, l'intérêt commun est sacrifié par tous ;
celui des humains dans un cas, celui de

quelques États dans l'autre. Tel a été, & tel doit toujours être, le cours des choses humaines, particulierement dans les pays libres, où les passions sont moins retenues par l'autorité; & je ne suis pas assez fol pour supposer qu'un Roi Patriote puisse changer la nature : mais je puis supposer, avec raison, que sans l'altérer, il peut diriger les affaires dans son propre Royaume, ruiner les mauvais desseins, au lieu de les partager, & détruire l'esprit de faction, au lieu de le fomenter. S'il ne peut pas rendre l'union de ses Sujets universelle, il peut la rendre assez générale pour répondre à toutes les fins d'un bon gouvernement, qui doivent être la sûreté particuliere & la tranquillité publique, l'opulence, le pouvoir & la réputation de la Nation.

Si ces vûes ont été jamais remplies, ce fut sous le régne d'*Elizabeth* : elle trouva son Royaume rempli de factions, & de factions beaucoup plus dangereuses que celles d'aujourd'hui, qu'elle auroit diſſipées d'un ſouffle. Elle ne les réunit pas toutes, il eſt vrai : le *Papiſte* continua d'être *Papiſte*, le *Puritain* d'être *Puritain*, l'un furieux, l'autre opiniâtre ; mais elle s'attacha le corps du Peuple, & réunit l'intérêt commun. Elle l'anima d'un eſprit nationnal, & par-là maintint la tranquillité dans ſon Royaume, donna du ſecours à ſes alliés, & inſpira la terreur à ſes ennemis. Il y avoit des cabales à la Cour, & des intrigues parmi ſes Miniſtres. On dit même qu'elle n'en étoit pas fâchée ; mais elle les tint renfermées dans ſa Cour : elles n'éclaterent pas au dehors pour ſemer la diviſion parmi ſon Peuple ; & pour l'avoir entrepris, ſon premier Favori, le Comte d'*Eſſex*, paya de ſa tête ſa témérité. Que nos Docteurs en politique, qui prêchent ſi ſçavamment ſur ce texte rebatu, *Divide & impera*, comparent la conduite d'*Elizabeth*, avec celle de ſon ſucceſſeur, qui tâcha de gouverner ſon Royaume par une faction qu'il éleva, &

de ménager fon Parlement par entrepre-
neur. Ils feront bien opiniâtres, s'ils re-
fufent d'avouer qu'un Prince fage & bon
peut unir un Peuple divifé , ce qu'un
foible & méchant Prince ne peut pas faire, & de convenir que dans l'union de
la Nation, le Prince & le Peuple trouvent
leur gloire & leur bonheur , tandis que
la défunion caufe au Roi & à fes Sujets
la honte & la mifere , & les tranfmet à
la poftérité.

Je me fuis arrêté long-tems fur ce dernier point , parce qu'il eft devenu plus
important que jamais , par l'aveu fans
exemple qu'on fait de principes contraires. Jufqu'à préfent on avoit cru que le
dernier période de la fcélératefle étoit
d'avouer fes crimes , au lieu de les cacher , & d'en tirer vanité , au lieu d'en
être humilié ; mais dans notre âge les
hommes vont plus loin ; il eft ordinaire
d'avouer fes erreurs ; c'eft l'ufage du commun des hommes , & par leur nombre
ils fe foutiennent les uns les autres. Mais

les efprits choifis de nos jours, ces nouveaux politiques, font fort éloignés de
s'arrêter où les criminels de toutes efpéces fe font arrêtés, lors même qu'ils
en font venus à ce point ; car communément les fcélérats les plus endurcis,
qui font détenus dans les prifons de New-
gath, n'ont pas été fi loin. Les hommes
dont je parle foutiennent que ce n'eft
pas affez d'être vicieux dans la pratique
& par l'habitude, mais qu'il eft néceffaire de l'être par principe. Ils prêchent
& recommandent la faction, auffi-bien
que la corruption ; ils fe moquent de
ceux qui s'imaginent qu'il eft poffible &
qu'il convient de conferver la fincérité,
l'intégrité & le défintéreffement dans les
affaires publiques, & ils traitent d'imbécile tout homme qui n'eft pas prêt d'a-
gir comme un fcélérat. Je crois avoir
fuffifamment expofé la méchanceté de
ces hommes, relevé l'abfurdité de leur
fyftême, & montré qu'un Roi Patriote
peut aifément, & avec plus de fuccès

suivre d'autres principes. *Per tutum pla-*
numque iter Religionis, justitiæ, honesta-
tis, virtutumque moralium. Ainsi nous
allons parler de deux autres points de
conduite, qu'un Roi Patriote doit ob-
server, & je tâcherai de n'être pas aussi
prolixe que je l'ai été.

Un Roi qui pense qu'il est de son devoir
de soutenir & de rétablir, s'il en est besoin, la constitution libre d'une Monarchie limitée; un Roi qui forme & maintient une sage administration, qui dissipe
les factions, procure l'union de son Peuple, & qui fait de leur plus grand bien,
l'objet constant de son gouvernement,
cherche sans contredit, les vrais intérêts
de son Royaume. Tous les cas particuliers qui peuvent arriver, sont renfermés
dans ces avantages généraux d'un sage &
bon régne; & cependant je crois qu'il est
à propos de traiter quelques points particuliers qui n'ont pas été touché, & où
cette sagesse & cette bonté se montre-
ront au grand jour.

M iv

Quoique les vrais intérêts de divers
Etats puiſſent être les mêmes à bien des
égards, cependant il y a toujours quelque différence, qu'un homme de diſ-
cernement peut appercevoir, ſoit dans
ces intérêts, ſoit dans les moyens de les
ménager. Une différence, par exemple,
qui naît de la ſituation du pays, du caractere du Peuple, de la nature du gouvernement, & même de celle du ſol & du
climat, des circonſtances qui ſont per-
manentes comme celles-ci, & des autres
qui ſont plus accidentelles. Je me con-
tenterai de montrer par quelques exemples, la différence que les cauſes dont je
viens de parler, peuvent faire naître entre le véritable intérêt de notre pays &
celui de nos voiſins, & je vous prierai d'é
tendre & d'appliquer dans vos penſées la
comparaiſon que je ne laiſſerai qu'appercevoir.

La ſituation de l'*Angleterre*, le caractere de ſon Peuple, & la nature de ſon
gouvernement, la rend propre au négo-

ce & au commerce ; le climat & le fol
les rendent néceffaires, à fon bien être ;
par le commerce, nous fommes devenus une Nation riche & puiffante ; &
par fa décadence, nous retombons dans
l'indigence & dans la foibleffe. Le commerce qui enrichit notre pays, le forti-
fie auffi. La mer eft notre barriere, les
vaiffeaux font nos fortereffes, & les matelots que le commerce peut feul entretenir, font les garnifons qui les défendent.
La France, par la nature de fon gouvernement, a de grands défavantages pour
le commerce. Les avantages de fa fituation font pour le moins auffi grands que
les nôtres ; ceux qui naiffent du caractere & du tempérament de fon Peuple,
font peut-être un peu différens ; mais, à
tout confidérer, ils font équivalens. Ceux
du climat & du fol font fupérieurs aux
nôtres, & à ceux des autres Nations de
l'*Europe*. Les *Provinces - Unies* ont les
mêmes avantages que nous dans la nature de leur gouvernement, plus peut-

être dans le caractere, & dans le tempérament de leur Peuple, moins certainement dans la situation, le climat & le fol : mais fans defcendre dans un plus long détail des avantages & des défavantages du commerce de ces trois Nations, il fuffira pour mon objet préfent d'obferver que l'*Angleterre* tient un certain milieu entre les deux autres, par rapport aux richeffes & au pouvoir provenant du commerce ; moins d'application à l'augmenter, peut fervir les fins de la *France* ; il en faut néceffairement plus dans ce pays, & encore plus en *Hollande*. Les *François* peuvent augmenter leurs richeffes & leur pouvoir naturel, en étendant le commerce ; pour nous, de la façon dont l'Europe eft conftituée aujourd'hui, nous ne pouvons fans cette augmentation, avoir ni richeffes, ni pouvoir. Les *Hollandois* ne peuvent pas fubfifter fans le commerce ; ils portent des richeffes aux autres Nations, & font néceffaires à leur bien-être ; mais elles leur fourniffent la fubfiftance & le vêtement, & font néceffaires même à leur être.

Il réfulte en général de ce qui a été dit, que les richeffes & le pouvoir de toutes les Nations, dépendant beaucoup de leur Commerce, & chaque Nation étant comme les trois dont j'ai parlé, un Roi Patriote s'appliquera conftamment à tirer le meilleur parti des avantages que la Nature lui a donnés, ou que l'art peut lui procurer, pour l'augmentation du Commerce; & c'eft fur ce point, que nous pouvons juger, fi les Gouverneurs font dans les vrais intérêts du Peuple, ou s'ils n'y font pas.

Il réfulte en particulier que l'*Angleterre* pourroit augmenter fes richeffes & fa puiffance, dans une proportion fupérieure à celle des autres Nations de l'Europe, fi les avantages qu'elle a, étoient auffi-bien ménagés qu'ils le feront fous le regne d'un Roi Patriote. Que tout homme, qui voudra fe convaincre de cette vérité, compare d'abord l'état naturel de l'*An-*

gleterre & celui des *Provinces-Unies*, &
enfuite leur état artificiel ; qu'il examine
en détail les avantages que nous avons
par la fituation, l'étendue & la nature de
notre Ifle fur les habitans de quelques
marais tirés de la Mer, dont à peine on
les peut défendre, qu'il confidére enfuite
avec quelle rapidité ces *Provinces* ont
acquis une puiffance & des richeffes éga-
les à celles de l'*Angleterre*. D'où naît la
différence qui fe trouve dans l'augmentation des richeffes de ces deux Nations?
En voici la fource. Les *Hollandois* ont
été, dès la fondation de leur *République*,
une Nation de Patriotes & de Mar-
chands. L'efprit de ce Peuple n'a pas été
diftrait de ces deux objets, la défenfe
de leur liberté, & l'augmentation de
leur commerce, qu'ils ont foutenu par
une application conftante, & avec une
induftrie, un ordre, & une œconomie
fans relâche. En *Angleterre*, on s'eft conduit différemment fur l'un & l'autre
objet ; mais nous nous bornerons à parler du dernier.

Le Commerce, tel qu'il étoit dans ce tems, avoit été en quelque façon encouragé & augmenté, avant le regne de la Reine *Elizabeth*; mais ce fut à cette Princesse qu'il dût son plus grand éclat; c'est à elle que nous devons cet esprit de commerce, qui n'est pas encore tout-à-fait éteint; c'est elle qui a donné à notre système commerçant ce mouvement rapide, qui n'est pas encore arrêté. Il se ralentit sous son Successeur, & ne fut pas ranimé sous son fils; il fut découragé, détourné, embarrassé, interrompu, durant les guerres civiles, & il commença à reprendre une nouvelle vigueur pendant la paix qui suivit le rétablissement de *Charles I I.* Mais il rencontra de nouvelles difficultés dans la puissance des *Hollandois*, & la rivalité naissante des *François*. Le caractere pusillanime de *Jacques I.* laissa prendre aux uns des avantages qui nous furent honteux, & les autres furent favorisés par la conduite de *Charles II.* qui n'étoit jamais dans les vrais intérêts de son Peuple. Depuis la révolution, jusqu'à la mort de la Reine *Anne*, quelque secours qu'on ait pû apporter au Commerce, il fut nécessairement exposé, pendant le cours de deux grandes guerres, à des pertes au-dehors, & surchargé de taxes au-dedans, depuis l'avénement du feu Roi jusqu'à ce moment, au milieu de la paix, les dettes de la Nation continuent d'être toujours les mêmes; les taxes ont été augmentées, & pendant dix-huit années de suite, nous avons lâchement souffert des pertes continuelles du pouvoir maritime de l'*Espagne*, le plus méprisable de l'*Europe*.

Un Roi Patriote ne négligera, ni ne sacrifiera les intérêts de son pays; il ne multipliera pas follement les taxes, ni ne conservera sans nécessité, celles que la nécessité auroit obligé d'établir. Il ne perpétuera pas les dettes de la Nation par toutes sortes de profusions & de manœuvres politiques, pour opprimer &

appauvrir le Peuple, afin de pouvoir avec plus de facilité en corrompre quelques membres, & gouverner le tout, selon les mouvemens de ses passions, & selon sa volonté arbitraire. Il regardera avec raison les richesses de ses Sujets, comme ses propres richesses, & leur pouvoir, comme le sien. Il trouvera dans la sureté, & dans l'honneur de la Nation, sa propre sureté, & son propre honneur. Et afin de procurer les uns, & d'assurer en même-tems les autres, il s'occupera sans relâche à donner de l'aisance aux Manufactures & à les encourager; il assistera & protégera le Commerce, soutiendra & augmentera les Colonnies nationales; car c'est par ces moyens seuls, qu'on peut profiter du grand avantage de la situation de ce Royaume.

La *Grande-Bretagne* est une Isle, & tandis que les Nations du Continent, font une dépense immense, pour conserver leurs barrieres, qu'ils sont embarrassés pour les étendre, ou les fortifier, & qu'ils font perpétuellement fur leurs gardes, l'*Angleterre*, en confervant les fiennes, peut, fi fes Gouverneurs le veulent, accumuler des richeffes, s'affurer contre les invafions, & fe mettre en état d'envahir les autres, quand fon intérêt immédiat, ou l'intérêt général de l'*Europe* le demandent. Le regne de la Reine *Elizabeth* en eft l'exemple & la preuve. J'ai dit l'intérêt général de l'*Europe* ; parce qu'il me femble qu'il n'y a que celui-là feul, qui doive nous détourner de nos propres affaires. Les autres Nations doivent veiller fur les mouvemens de leurs voifins, pénétrer leurs deffeins, prévoir jufques aux moindres événemens, & prendre quelque engagement, dans prefque toutes les circonftances qui peuvent naître. Mais comme nous ne pouvons pas être facilement, ni fubitement attaqués, & comme nous ne devons pas avoir pour but, aucune acquifition dans le Continent, notre intérêt peut être de veiller fur les projets fecrets du Confeil

des

des autres pays ; de les foutenir ou de nous y oppofer. Mais notre propre intérêt ne fera jamais de former légerement des engagemens, qui exigent actions & dépenfes. D'autres Nations, ainfi que les *Vélites*, ou les Troupes légerement armées, tiennent les premiers rangs dans le champ de bataille, & efcarmouchent continuellement. Pour nous, lorfqu'une grande guerre s'allume, nous devons regarder les Puiffances du Continent, pour lefquelles nous fommes portés, comme les deux premieres lignes de l'armée *Romaine*, les *Princes* & les *Haftati*, & nous confidérer comme les *Triarii*, qui ne doivent pas charger avec les légions à chaque inftant ; mais qui doivent être prêts pour la mêlée, au moment que la fortune du jour les appelle, & que l'importance des chofes, ou l'intérêt général les rend néceffaires.

Voilà le pofte, que l'honneur & notre avantage nous affignent ; & dans toutes les guerres du Continent, notre fituation

N

particuliere, relativement aux Puissances
de l'Europe, doit nous déterminer à le
prendre : si nous le négligeons, & dissi-
pons notre force dans des occasions éloignées, ou qui ne nous touchent qu'indirectement, nous sommes gouvernés par
des gens qui ne connoissent pas l'intérêt
de cette Isle, ou qui en ont quelqu'autre
plus à cœur : si nous occupons ce poste,
ou ne nous en écartons que peu & rarement, alors ce Royaume tiendra le
rang qu'il lui convient de tenir; il deviendra puissant, & en s'appliquant à
augmenter son pouvoir naturel, qui est
sa puissance maritime, & en réser-
vant ses forces pour des occasions,
réellement importantes à son honneur,
à ses intérêts immédiats, ou au système
général de l'Europe, il pourra être l'ar-
bitre des différends, le gardien de la
liberté, & le conservateur de cette balance, dont on a si fort parlé, & qui est
si peu entendue.

Ne devons-nous jamais être Soldats,

me direz-vous? Nous devons l'être sans
doute; mais autant qu'il le faut, pour
la défense d'un bon gouvernement. Eta-
blir une force militaire, qui ne peut servir qu'à de mauvais Gouverneurs, c'est
établir un pouvoir tyrannique dans le
Roi & dans le Ministre, dont le dernier
pourroit avoir besoin, tandis que sans
cette armée, le Prince seroit plus en sûreté, s'il vouloit chasser son Ministre.

Nous devons aussi prendre quelquefois les armes, soit offensivement, soit
défensivement; mais conséquemment à
la nature de la circonstance, qu'il faut
toujours considérer, relativement à la
différence qui se trouve entre la nature
de notre force, notre situation, nos intérêts, & ceux des autres Puissances de
l'Europe, & non en proportion du desir,
& du besoin des Nations, avec lesquelles nous sommes liés. Comme d'autres
animaux amphibies, nous pouvons quelquefois prendre terre; mais l'eau est
plus proprement notre élément; & ainsi

N ij

qu'eux, comme nous y trouvons notre plus grande sûreté, nous y exerçons notre plus grande force.

Ce que je touche ici en peu de mots, mérite d'être confidéré avec attention, par tout homme qui peut avoir part au gouvernement de l'*Angleterre*; car non feulement nous nous fommes trop écartés de nos vrais intérêts à cet égard, mais nous nous en fommes éloignés avec l'applaudiffement général, même des gens bien intentionnés, qui ne difcernoient pas, que nous nous épuifions par une fauffe application de nos forces, dans des conjonctures, où, par une application plus convenable, nous aurions pû fervir la caufe commune plus utilement. Mais il y a plus : les gens qui défiroient le bien de leur pays, ont multiplié les armées dans les tems de guerre, & les gens mal intentionnés les ont confervées, & les confervent toujours, dans la plus profonde paix; de façon que le nombre de nos Soldats, dans cette Ifle feulement, eſt preſque le double de nos Matelots. On ne peut pas dire avec raiſon qu'on entretient ces armées contre les ennemis étrangers : ſi elles ne le ſont que pour la montre, elles deviennent ridicules ; & ſi elles ſont conſervées pour toute autre cauſe, elles ſont trop dangereuſes pour être ſouffertes. Un Roi Patriote, ſecondé par des Miniſtres attachés aux intérêts de leur pays, réformeroit bien-tôt cet abus ; il épargneroit une grande partie de cette dépenſe, ou, ce qui ſeroit préférable, il l'employeroit à entretenir un corps de Troupes Maritimes, & un Bureau de quarante ou cinquante mille Matelots. Mais des deſſeins, auſſi avantageux pour ce Royaume, ne ſeront jamais conçus, à moins qu'on ne voye en place des gens qui ayent à cœur l'honneur & l'intérêt de leur pays.

Je viens préſentement au dernier point, ſous lequel je conſidérerai le caractére & la conduite d'un Roi Patriote ; & il n'eſt pas le moins important, quoiqu'il puiſſe

N iij

paroître avoir pour objet des apparences , plûtôt que des réalités , & n'être
qu'une fuite du caractére & de la conduite d'un tel Roi ; c'eſt de ſa vie privée ,
auſſi bien que de ſa vie publique que je
veux parler ; c'eſt de ce *decorum* des *La-
tins*, de cette *bienſéance* des *François* , de
ce ϖρεπον des *Grecs* , qui ne ſe trouvera
jamais dans aucun caractére , s'il n'eſt
fondé ſur la vertu. Mais faute de cet
avantage , un caractére vertueux , perdra
toujours une partie de ſon éclat , & ne
ſera pas eſtimé autant qu'il mérite de
l'être. La beauté eſt inſéparable de la
ſanté , & cet éclat , diſent les *Stoïciens* ,
ne peut être ſéparé de la vertu ; mais
comme un homme peut être ſain , ſans
être beau , il peut être vertueux , ſans
être aimable.

Il y a certains traits de maître , une
derniere main , pour me ſervir de l'ex-
preſſion commune , à mettre aux ouvrages de l'art. Quoiqu'elle y manque , nous
pouvons admirer l'excellence du deſſein

en général, & découvrir les beautés de quelques parties. Un Juge de l'art peut voir plus loin ; il peut suppléer à ce qui manque, & discerner le mérite d'un ouvrage achevé, dans un ouvrage qui est imparfait ; mais les yeux du vulgaire, ne feront pas affectés de même : l'ouvrage leur paroîtra défectueux, parce qu'il n'est pas fini. Ils jugeront ainsi, du caractére moral d'un Prince, sans connoître précisément ce qui leur déplaît ; ils pourront admirer, mais ils ne feront pas contens.

Il y a un certain *species liberalis*, plus aisé à étendre qu'à expliquer, & plus facile à sentir qu'à définir, qu'un Prince doit acquérir, & tourner en habitude. Une certaine propriété d'expressions & d'actions, qui résultent de leurs conformités, avec la nature & le caractére du Prince doit toujours l'accompagner, & doit lui créer un air & des maniéres qui régnent également dans toute sa conduite. Cet air & ces maniéres font si éloignés de l'affectation, qu'on

N iv

ne peut les avoir, à moins qu'on ne foit entiérement exempt de toute affectation. Pour rendre ceci plus fenfible, réfléchif- fons fur la conduite des Auteurs Dra- matiques ou Epiques ; ils tirent de la na- ture, les caractéres qu'ils mettent fur la fcéne ; ils les foutiennent pendant tout le cours de la piéce, & leurs Acteurs ne difent, ni ne font rien qui ne foit exac- tement convenable au caractére que cha- cun d'eux repréfente. *Oderint dum me- tuant*, convient dans la bouche d'un tyran ; mais *Euripide* n'auroit jamais mis cette exécrable fentence, dans celle de *Minos* ou d'*Æacus*.

Un homme fenfé & vertueux ne for- tira jamais affez de fon caractére, pour tomber dans de telles inconféquences ; & dans fa conduite, il ne fe permettra pas les indécences les plus fortes ; mais il peut tomber par furprife dans de plus légéres, & y être entraîné de cent façons différentes, fur lefquelles je ne m'arrê- terai pas. Les hommes incapables de tom-

ber dans des fautes capitales , doivent
être fur leurs gardes, pour ne pas tomber dans de plus légéres ; & les Princes
plus que les autres hommes. Lorfque
leur efprit eft rempli,& leur cœur échauffé
des vraies idées du gouvernement, lorfqu'ils connoiffent leurs devoirs , & qu'ils
aiment leurs peuples : ils n'échoieront pas
dans les grands rôles qu'ils doivent re-
préfenter , foit dans les confeils, foit dans
les armées , foit dans toutes les affaires
difficiles qui font attachées à leur place ;
mais ils font hommes , fufceptibles des
mêmes impreffions , fujets aux mêmes
erreurs, en but aux mêmes paffions , &
même expofés à de plus fortes tentations ;
& fi leur élévation leur donne de grands
avantages , elle leur donne auffi de grands
défavantages , qui les contrebalencent
bien. Le moindre mérite d'un Prince eft
bien-tôt vû , & fenti par le grand nombre ; il eft multiplié, & conféquemment
fa réputation croît ; mais auffi de petits

défauts font apperçus & fentis de même : ils font multipliés de la même maniére, & leur réputation diminue dans la même proportion.

J'ai parlé des défauts qui peuvent être cachés, fous l'éclat des grandes & brillantes qualités, & bien des Princes fe font trouvés dans cette fituation. Il y a une tradition que *Henri IV*. Roi de *France*, demanda à un Ambaffadeur d'*Efpagne* quelle maîtreffe avoit le Roi fon Maître. L'Ambaffadeur lui répondit d'un ton pédant, que fon Maître étoit un Prince qui craignoit Dieu, & qui n'avoit d'autre maîtreffe que la Reine. *Henri IV*. qui fentit ce reproche, lui demanda avec un air de mépris « fi fon Maître n'avoit pas affez de vertus pour couvrir un vice.

Les défauts qui peuvent être ainfi cachés, ou compenfés, font de l'homme, plûtôt que du Prince ; ceux qui proviennent plus du tempéramment, & du caractére naturel, que du caractére moral,

& qui peuvent être regardés, comme des
écarts accidentels des paſſions, comme
des négligences dans quelques momens,
où l'on n'eſt point ſur ſes gardes, comme des ſurpriſes de l'homme ſur le Roi.
Lorſqu'ils arrivent rarement, & paſſent
vîte, ils peuvent être cachés comme des
taches dans le ſoleil ; mais ils n'en ſont
pas moins des taches. Celui qui eſt capable de les voir, ne manquera pas de s'en
appercevoir, & celui qui ne les verroit
pas, pourra en ſentir les effets, ſans en
pénétrer la cauſe. Ces défauts, ſi on
ne les corrige, augmentent, ils ceſſent
d'être des taches, répandent une ombre
générale, & obſcurciſſent la lumiére qui
les abſorboit auparavant ; les vertus du
Prince ſont perdues dans les vices de
l'homme.

Alexandre avoit de violentes paſſions,
& celles qu'il eut pour le vin, & pour
les femmes, étoient les plus fortes après
l'ambition ; elles furent des taches dans

son caractére , avant qu'elles prévalus-
sent par la force de l'habitude ; aussi-tôt
qu'elles commencerent de dominer , le
Roi & le Héros parurent moins , & le caractére du débauché l'emporta. *Persépo-
lis* fut brûlé à l'instigation de *Thaïs*, &
Clitus fut tué dans un moment d'ivresse. Il
se repentit de ces deux horribles actions
opposées au caractére du Roi & du Héros , & il redevint l'un & l'autre dans
bien des occasions ; mais il n'étoit pas
assez sur ses gardes , contre les attraits
de la vanité , & des plaisirs , lorsqu'au
milieu d'une Cour voluptueuse , il de-
meuroit entouré , de flateurs , de femmes , de parasites , & de bouffons. Ceux
qui ne pouvoient pas approcher du
Roi , s'approchoient de l'homme , &
en séduisant l'homme , ils égaroient le
Roi : ses défauts dégénererent en habitude. Les *Macédoniens*, qui ne voyoient,
& ne vouloient pas voir l'un, s'apperçurent de l'autre ; & il devint la victime
de leur ressentiment , de leurs craintes ,

& de ces factions qui naîtront toujours sous un gouvernement odieux, ou qui tombe dans le mépris.

On pourroit opposer à ces caracteres, celui du premier *Scipion* l'*Afriquain*, ou celui du vieux *Caton*; car on peut comparer des Citoyens de *Rome*, tels que ceux-ci, avec les plus grands Rois. Là réputation du premier *Scipion*, n'étoit pas sans reproche dans sa vie privée, comme dans sa vie publique; & tout le monde ne convenoit pas, que ce fût un homme d'une vertu aussi sévére, que celle qu'il affectoit, & que l'on exigeoit dans l'âge où il vivoit. On croit que *Navius* parle de lui, dans quelques Vers que *Gellius* a conservés; & *Valerius Antias* ne se faisoit pas scrupule d'assurer qu'au lieu de rendre la belle Espagnole à sa famille; il la débaucha & la retint. Malgré cette conduite, quelle autorité n'a-t-il pas conservée ? en quelle vénération n'a-t-il pas vécu, & n'est-il pas mort? Quelles louanges les Ecrivains ne lui ont-ils pas

prodigués, & n'ont-ils pas tranſmis juſqu'à nos jours? Cela ne ſeroit pas arrivé,
ſi le vice qu'on lui impute, s'étoit montré
ſcandaleuſement , de façon à éclipſer
l'éclat du Général, du Conſul & du
Citoyen.

Cette réflexion peut s'étendre ſur
Caton, qui aima le vin, autant que *Sci-*
pion aima les femmes. Les hommes ne
jugeoient peut-être pas dans le tems du
vieux *Caton*, comme *Séneque* dans celui
du plus jeune, qui diſoit que l'yvrogne-
rie ne ſeroit pas un crime, ſi *Caton* bu-
voit. Mais la paſſion de *Caton*, auſſi-bien
que celle de *Scipion* , fut ſubjuguée &
cachée ſous ſon caractere public; ſa vertu
au lieu de ſe refroidir, s'échauffoit en ſe
livrant ainſi à ſon tempéramment naturel; & on peut recueillir de ce que *Cicé-*
ron lui fait dire dans ſon Traité de la
Vieilleſſe, que même ſon goût pour le
vin, étoit utile aux meſures qu'il prenoit
pour le bien public.

Permettez-moi d'inſiſter un peu ſur

les deux premiers *Céſars* & ſur *Marc-Antoine*. Je ne prétends pas les citer comme des hommes vertueux , mais comme de grands hommes; & un Roi Patriote doit éviter également les défauts qui diminuent un grand caractere, & ceux qui en corrompent un bon. Le vieux *Curion* appelloit *Jules Céſar*, le mari de toutes les femmes, & la femme de tous les maris, par rapport à ſes adultéres connus, & aux complaiſances dont il fut ſoupçonné pour *Nicoméde*; même ſes propres Soldats dans la licence d'un triomphe, chanterent des Vers ſatyriques ſur ſa profuſion & ſur ſes débauches. La jeuneſſe d'*Auguſte* fut auſſi diffamée que celle de *Jules Céſar*, & toutes deux, autant que celle d'*Antoine*. Ce dernier ſe porta - t - il à de plus grands excès, que ceux qu'*Auguſte* & que *Jules* ſe permirent , lorſque l'un fit ſaccager *Rome*, & dépouiller les femmes & les filles, pour choiſir celles qui étoient les plus propres à ſes plaiſirs; & que l'autre ne mit de bornes à ſes débauches en *Egypte*, que celles que la Satiété lui impoſa ? *Poſtquam epulis bacchoque modum laſſata voluptas impoſuit.* Lorſqu'il s'oublia avec *Cléopatre*, dans la criſe d'une guerre civile, & que ſes Troupes refuſerent de le ſuivre plus loin, dans ſon voyage efféminé du *Nil. Antoine* en fit-il davantage ? Non : tous trois avoient des vices qui n'auroient pas été ſoufferts dans le premier âge de *Rome* ; & certainement tout homme qui en auroit été accuſé, n'auroit acquis aucun pouvoir. Mais nous ne devons pas être ſurpris que le Peuple, qui ſupportoit alors les tyrans, ait ſupporté les libertins ; & il n'eſt pas étonnant que les vices de ces grands hommes, ayent trouvé tant d'indulgence, dans un temps de la corruption & de la perdition univerſelle des mœurs. Cependant dans cette même Ville, & parmi ces *Romains* dégénérés, il eſt certain qu'avec les mêmes vices, des apparences différentes ſervirent à maintenir les *Céſars*, & ruinerent *Antoine*.

Antoine. Je pourrois montrer comment *César* & *Auguste* sauverent les apparences, tandis que leurs vices étoient portés au comble, & comment ils réparerent les apparences qu'ils ne purent pas sauver, par celles d'une espece contraire; de façon qu'une grande partie de ce qui a été dit pour les diffamer, passoit pour les calomnies d'un parti.

Mais *Antoine* se débarrassa de toute décence, & se conduisit ainsi jusqu'à sa fin. Non-seulement il tourna le vice en habitude, mais aussi l'indécence; il cessa d'être un Général, un Consul, un Triumvir, un Citoyen de *Rome*. Il devint un Roi *Egyptien*, absorbé dans la mollesse, & prouva qu'il étoit incapable de gouverner les hommes, puisqu'il souffroit qu'une femme le gouvernât. Ses vices lui firent tort; ses habitudes causerent sa ruine. Si par une modestie politique il avoit cherché à les cacher, il auroit pû éviter sa perte; mais il sauvoit si peu les apparences, que dans un fragment d'une

O

lettre à *Auguſte*, conſervé par *Suétonne*, il s'efforçe de juſtifier ſes habitudes : *Pourquoi as-tu changé, dit-il, eſt-ce à cauſe que j'ai une Reine pour maîtreſſe ? Mais ce n'eſt pas d'aujourd'hui que je l'aime : il y a neuf ans qu'elle eſt ma femme, & toi ne* connois-tu que Druſille ? *Cette Lettre te trouvera peut-être entre les bras de* Ter-tulle *ou de* Terentille, *de* Ruſille *ou de* Sal-vie, *qu'importe laquelle ſoit ta Concubine.*

Ces grands exemples que j'ai avancés, non pour encourager le vice, mais pour montrer plus fortement les avantages de la décence, pourront paroître, en quelque façon, aller au-delà de ce qu'on voit dans le courant de la vie. Il y a peu de vertus & de vices dans cette partie du monde, & dans ce dernier âge, en comparaiſon de ceux des grands hommes, dont je viens de parler ; & nous n'avons pas, ainſi qu'eux, des Scénes pour les exercer. Mais on ſentira que les défauts & les vices, qui coulent de la même ſource, qui tiennent le même rang dans

la conduite des Princes, & qui ont les
mêmes effets sur leur caractere, & conséquemment sur leur gouvernement &
leur fortune, ont tous, les proportions
nécessaires à l'application que j'en fais.
Il importe peu qu'un Prince, qui abandonne cette décence, qui résulte de la
nature, & que la raison prescrit, abandonne les décences particulieres d'un
pays ou d'un autre, celles des siécles
passés, ou de son propre siécle, qui résultent toutes de la mode & que la coû-
tume exige; il importe peu, par exemple,
qu'un Prince s'abandonne à la débauche
grossiere de l'Occident, ou à la volupté
de l'Orient, qu'il devienne l'esclave d'une
nouvelle *Laïs*, ou d'une Reine étrangere,
qu'il s'oublie dans les bras d'une femme
ou de vingt, qu'il imite *Antoine* ou un
Roi d'*Achin*, qu'on dit avoir passé sa vie
dans un Sérail, mangeant, buvant, mâ-
chant du bétel, & s'amusant avec des
femmes.

Enfin pour résummer tout ce que j'ai

dit , cette grace , cette décence , ces ma-
nieres, font fi effentielles aux Princes,
que toutes les fois qu'ils les négligent,
leur vertu perd beaucoup de fon éclat,
& leurs défauts s'augmentent. Mais il y
a plus , c'eft qu'en ne ménageant pas affez
les apparences , leurs vertus mêmes peuvent fe tourner en défauts, leurs défauts
en vices , & leurs vices en habitudes,
indignes des Princes , & indignes de
l'homme.

Les formes de gouvernemens, les différens tempérammens, & les caracteres
des Peuples, méritent quelques confidérations pour déterminer la conduite des
Princes dans la vie privée, auffi-bien que
dans la vie publique, & doivent mettre
une différence , par exemple , entre la
dignité d'un Roi de *France*, & celle d'un
Roi d'*Angleterre*.

Louis XIV. étoit Roi d'une Monarchie
abfolue, & regnoit fur un Peuple plus fuf-
ceptible d'être gouverné par l'admiration
& la crainte , que d'être gagné & conduit

par affection : conféquemment il tint un
grand état. Il étoit fier, réfervé,& tout ce
qu'il difoit, avoit l'air préparé & arrangé.
Auffi s'attira-t-il une grande réputation:
il fut révéré de fes Sujets, admiré de fes
Voifins; & cette eftime générale, il la dût
principalement à l'art, avec lequel il mé-
nageoit les apparences, à fon attention
à relever fes vertus, & à couvrir fes défauts & fes vices; & par fon exemple &
fon autorité, il tira un voile fur les débauches & les futilités de fa Cour.

Elizabeth étoit Reine d'une Monarchie limitée, & regnoit fur un Peuple
qui de tout tems fut plus aifé à conduire
qu'à mener, & qui alors étoit capable
de s'attacher à fon Prince & à fon pays,
par un principe, plus noble que ceux qui
prévalent aujourd'hui. Le Prince avoit
alors de plus fortes prérogatives, qu'il
n'en a actuellement, & un pouvoir plus
grand, mais légitime, étoit attaché à la
Couronne. La conduite populaire étoit
cependant alors, comme elle l'eft actuel-

lement, & comme elle doit toujours l'être
dans un gouvernement mixte , le feul
vrai fondement de cette autorité , que
les autres conftitutions accordent au
Prince indépendamment du Peuple; mais
qu'il faut qu'un Roi de cette Nation ob-
tienne. *Elizabeth* fentit combien l'attachement du Peuple, dépendoit de ces
apparences, dont nous avons parlé : un
intérêt ardent pour l'avantage & l'honneur de la Nation, une tendreffe pour
fon Peuple , & une confiance dans fon
affection, furent les apparences qui ré-
gnerent dans toute fa conduite publique.
Elle fit de grandes chofes , & fçut les
porter à leur jufte valeur par la maniere
dont elle les fit; elle montra dans fa conduite particuliere , beaucoup d'affabilité ;
elle defcendit même jufqu'à la familiarité, mais cette familiarité qui ne put pas
être imputée à foibleffe , fut attribuée à fa
bonté : quoique femme , elle cacha tout
ce qui étoit femme en elle ; & fi quelques marques équivoques de coquetterie

parurent en quelques occasions ; elles
passerent comme les lueurs d'un éclair;
qui disparoissent aussi-tôt qu'elles sont
apperçues , & n'imprimerent aucune tache sur son caractere. Elle eut des affec-
tions particulieres ; elle eut des favoris ; mais elle ne souffrit jamais qu'ils
oubliassent qu'elle étoit leur Reine , &
lorsqu'ils l'oublierent, elle leur fit sentir
qu'elle l'étoit.

Son successeur n'eut point de vertus
à relever; mais il eut des défauts & des
vices à couvrir. Il ne les cacha point;
& manquant de vertus , il ne lui restoit
rien pour compenser ses défauts. Ainsi il
passa pour un Prince foible & un méchant homme , & il tomba dans le mépris , où sa mémoire est encore. Les
moyens qu'il prit pour éviter ce mépris ,
ne servirent qu'à le confirmer. Aucun
homme , ainsi qu'on l'a déja dit, ne peut
conserver de décence dans ses maniéres ,
s'il n'est exempt de toute espéce d'affectation; mais celui qui affecte une chose,

O iv

qui ne convient ni à fon caractere, ni à fon rang, eft d'une folie confommée. Il en devient plus défagréable , plus indé-cent, & entiérement ridicule. Jacques I. n'ayant aucune qualité , qui pût lui at-tirer l'eftime & l'affection de fon peuple , tâcha de lui impofer , en étendant les notions les plus éxtravagantes fur les Rois en général , comme s'ils étoient des êtres mitoyens entre Dieu & l'homme , & en comparant l'étendue & le myftére impé-nétrable de leur pouvoir, & de leurs pré-rogatives à ceux de la Providence ; fon langage & fa conduite furent affortis à des prétentions fi foles, & en s'arrogeant des droits, un refpect , & une foumiffion, qui ne lui étoient pas dûs, il perdit une grande partie de ce qu'on lui devoit. En-fin il débuta mal ; & quand même il au-roit eu les qualités brillantes , qui peu-vent couvrir dans un Roi quelques dé-fauts & quelques vices, lorfqu'ils ne font pas tournés en habitude, il lui auroit enco-re manqué ce caractere de force & de pro-

bité, qui conſtitue le caractere d'un grand
& d'un bon Roi, & qui fait véritablement
le grand homme. Un Roi qui vit caché
à ſes Sujets , ou qui ne ſe montre jamais
que ſur le trône, peut difficilement être
mépriſé comme homme, quoiqu'il puiſſe
être haï comme Roi ; mais le Roi qui ſe
montre davantage, & qui par conſéquent
eſt plus expoſé à leurs obſervations, peut-
être mepriſé, avant que d'être haï , &
même ſans l'être. C'eſt ce qui arriva au
Roi Jacques ; mille circonſtances y con-
tribuerent , & ſur-tout les foibleſſes indé-
centes qu'il eut pour ſes mignons. Il ne
tâcha pas de remédier au mépris qu'on
avoit pour lui , ſeulement en s'arrogeant,
ainſi que nous l'avons dit , des droits qu'il
n'avoit point ; mais encore en affectant
ce qui ne convenoit nullement à ſon rang
& à ſon caractere. Il ne tenta pas à la vérité , de cacher ſa foibleſſe & ſa timidité
naturelle , ſous le maſque d'un faux
brave , tandis qu'il ſe laiſſoit tromper &
inſulter par ſes voiſins , ſur-tout par les

Espagnols ; mais il débitoit des paſſages de *Buchanan* , affectoit de parler beaucoup, de figurer dans la controverſe, & affichoit toutes les apparences d'un Scolaſtique , tandis qu'il négligeoit toutes celles d'un honnête homme & d'un Roi.

Que nos Princes ne ſe flatent pas ; ils ſeront examinés ſecrettement dans leur vie privée, comme dans leur vie publique, & ils ſeront jugés ſur les apparences , par ceux qui ne peuvent pas voir plus loin : pour obtenir la confiance de leur peuple, qui eſt fondé ſur l'eſtime & l'affection , ils doivent maintenir leur caractere public & particulier ; & pour cela, ils doivent ménager les apparences , & obſerver les décences néceſſaires. Rois, ils ne doivent jamais oublier qu'ils ſont hommes ; hommes, ils ne doivent jamais oublier qu'ils ſont Rois. Les ſentimens que l'une de ces réflexions inſpire naturellement, répandra un air d'affabilité & d'humanité ſur leur conduite, & leur fera goûter dans le haut rang où ils ſont, tous les plaifirs de la focieté. Les fentimens que l'autre réflexion fuggere , feront trouvés très-compatibles avec les premiers ; & les Rois peuvent ne jamais oublier qu'ils le font , quoiqu'ils ne portent pas toujours la Couronne fur la tête , & le Sceptre en main. La vanité & la folie doivent être conftamment environnées de faftes , afin de conferver la dignité Royale. Un Prince fage fçaura la maintenir , lors même qu'il fe dépouillera de fa grandeur. Il ofera paroître comme un homme privé, & fous ce caractere, il s'attirera un refpect moins rempli d'oftentation, mais plus réel, & plus agréable que ceux qu'on rend aux Monarques : en ne difant jamais que ce qu'il lui convient de dire , il n'entendra jamais que ce qu'il lui convient d'entendre ; en ne faifant point ce qu'il ne lui convient pas de faire, il ne verra point ce qu'il ne lui conviendra pas de voir. La décence , loin d'affoiblir les plaifirs de la vie, leur donne plus de vivacité ; loin de reftraindre la liberté & l'aifance de la focieté ; elle en bannit la licence qui les empoifonne. Les cérémonies font les barrieres, contre cet abus de la liberté , dans les affemblées publiques ; la politeffe & la décence, les font dans les focietés particulieres ; & le Prince qui les pratique & les exige , s'amufera beaucoup mieux, & obligera ceux qui ont l'honneur d'être dans fon intimité , & de partager fes plaifirs, beaucoup plus, qu'il ne pourroit le faire, par la familliarité la plus grande & la moins bornée.

Un Prince devroit apporter autant de foin dans le choix de fes amis, que dans celui de fes Miniftres ; s'il confie à ceux-ci les affaires de l'Etat, il confie fon caractere aux autres, & fon caractere dépendra d'eux, beaucoup plus qu'on ne le penfe communément. L'expérience générale conduit les hommes à juger, que c'eft la reffemblance du caractere qui détermine le choix, même lorfque le hafard, trop de complaifance pour les affiduités , un bon naturel , ou le manque de réflexions , font les motifs qui ont introduit auprès du Prince des gens indignes de fa faveur. S'il prend dans fa plus étroite intimité des créatures frivoles , des gens d'un caractere bas , ou qui n'en ont point du tout , il montre une difpofition à leur reffembler , & il leur reffemblera , à moins qu'il ne rompe fes habitudes , avant que fes amufemens puériles, ne deviennent l'affaire principale de fa vie. L'efprit des Princes , comme celuides autres hommes, prend infenfiblement le ton de la compagnie qu'ils fréquentent.

Une conféquence plus fâcheufe encore , peut fuivre du peu de difcernement des Princes , dans le choix de leurs amis , & de leur peu d'attention fur leur conduite dans leur vie privée. Des Rois foibles fe font abandonnés à leurs Miniftres, ont permis qu'ils demeuraffent entr'eux & leur peuple , & n'ont formé aucun jugement , ni pris aucune mefure d'après leurs propres connoiffances ; mais se font toujours soumis aveuglément, aux représentations qui leur ont été faites, par ceux à qui ils avoient cedé les rênes du gouvernement : des Rois d'une capacité supérieure, se font pareillement abandonnés à leurs maîtresses & à leurs favoris; ils ont souffert qu'ils demeurassent entr'eux, & leurs Ministres. Leurs jugemens ont été subgerés, & leurs mesures dirigées, par les insinuations des femmes, ou par des gens, qui par leur caractere & leur éducation, méritoient aussi peu qu'elles, d'être écoutés dans les grandes affaires du gouvernement. L'histoire est remplie de tels exemples, tous tristes, plusieurs tragiques, & qui sembleroient suffire pour engager les Princes, s'ils y faisoient attention, à empêcher que les instrumens de leurs plaisirs, & les compagnons de leurs heures de loisir, passassent les bornes de leurs emplois. Un Ministre d'Etat qui prétendroit disputer avec un d'eux, sur la décoration d'un bal, sur la parure d'une belle femme, seroit trouvé ridicule , & il le seroit en effet. Mais ceux qui se mêlent dans des choses au moins autant au-dessus d'eux, que celles dont je viens de parler , sont au-dessous des autres , ne sont-ils pas aussi impertinens ? Et les Prin- ces qui les souffrent, sont-ils excusables ?

Concluons donc , en affirmant cette grande vérité, qui résulte de ce que j'ai dit, que le caractere d'un Roi Patriote ne sera jamais rempli, quelques grandes & bonnes que soient ses qualités à tous autres égards , s'il prête l'oreille à la flatterie des Courtisans, à la séduction des femmes , & s'il se laisse aller aux partialités, & aux penchans que trop d'in- dulgence dans la vie privée fait aisément contracter. C'est pourquoi le Prince qui desire acquérir ce caractere, doit être en garde contre lui-même, afin d'éviter qu'on puisse même le soupçonner de se condui- re par de telles insinuations ; car comme la réalité le perdroit, le soupçon l'affoi- bliroit dans l'opinion des hommes ; & de

l'opinion des hommes, qui fait la renommée après la mort, les Princes tirent dans
cette vie leur premiere force , & leur
plus grande autorité.

Si donc les principes établis dans ce
diſcours, ſont ſuffiſans, pour conſtituer
un Roi-Patriote, le plus grand & le plus
glorieux des êtres humains , conſidérons
actuellement combien il eſt , ou doit
être aiſé de les inſpirer dans l'eſprit des
Princes : ils ſont fondés ſur des propo-
ſitions vraies, qui ſont évidentes d'elles-
mêmes, & dont pluſieurs ſont démontrées ; ils ſont confirmés par l'expérience univerſelle ; en un mot , aucun
entendement ne peut s'y refuſer ; & il
n'y a que les eſprits les plus foibles, qui
puiſſent s'y tromper, ou être égarés dans
leurs applications. Il eſt inutile de parler à un Prince dont le cœur eſt corrompu ; auſſi n'eſt-ce pas pour un tel Prince
que j'écris ; mais ſi ſon cœur ne l'eſt pas,
ces vérités s'inſinueront aiſément dans
ſon eſprit. Conſidérons quels ſont les
effets

effets que de tels principes, & qu'une telle conduite, doivent produire néceffairement, & quels avantages le Prince & le Peuple en retireront ; que fur ce fujet l'imagination fe repréfente la fcéne glorieufe d'un Roi Patriote : la beauté de cette idée infpirera ces tranfports que *Platon* imaginoit que devoit produire la vûe de la vertu, fi on la pouvoit voir. Qui a-t-il dans le vrai de plus aimable & de plus refpectable, que de contempler un Roi fur qui font fixés les yeux de tout un Peuple , rempli d'admiration & d'affection, un Roi fous le gouvernement duquel, femblable à celui de *Nerva*, des chofes aufli difficiles à allier, que l'empire & la liberté, font intimement mêlés , exiftent inféparablement, & conftituent une effence réelle ? Quel fpectacle aufli rare peut être offert à l'efprit, qui approche plus de la Divinité qu'un Roi qui jouit d'un pouvoir abfolu, ni ufurpé par la fraude, ni maintenu par la force, mais qui eft l'effet naturel de

P

l'eſtime, de la confiance, & de l'affection ? Un Roi défenſeur de la liberté,
qui ne laiſſe à ſes Sujets d'autres vœux
à former, que celui de le voir immortel.
C'eſt d'un tel Prince ſeulement, qu'on
peut dire avec la plus exacte vérité :

                                    Volentes
Per populos dat jura, viamque affectat Olympi.

La Guerre civile n'aura pas de place dans
ce tableau, ou ſi ce monſtre y paroît,
il y ſera vû comme *Virgile* le décrit :

            Centum vinctus catenis
Poſt tergum nodis, fremit horridus ore crueuto.

On le verra ſubjugué, lié, enchaîné &
privé entierement du pouvoir de faire le
mal. A ſa place, la concorde paroîtra,
aſſurant la paix, & répandant la proſpé-
rité ſur un Royaume heureux. La joye
ſera peinte ſur tous les viſages. La ſatisfaction régnera dans tous les cœurs.
On verra un Peuple libre, tranquille &
ſans allarmes, occupé à faire valoir ſon

propre bien & le fond public, des flot-
tes couvrant l'Océan, lui apporteront
des richeffes, dûes à fon induftrie. On le
verra porter du fecours, ou répandre la
terreur au dehors, ainfi que la fageffe le
dictera, & affurer d'une façon triom-
phante, le droit & l'honneur de l'*Angleterre*, auffi loin que les eaux roullent leurs
flots, & que les vents pourront tranfpor-
ter leurs vaiffeaux.

Ceux qui vivront pour voir des jours
fi heureux, & pour avoir part à une fcéne fi glorieufe, fe rappelleront peut-être,
avec quelques fentimens de tendreffe, le
fouvenir d'un homme qui a un peu contribué à entamer un fi bon Ouvrage, &
qui ne defiroit de vivre, qu'afin de voir
un Roi de la Grande Bretagne, l'homme
le plus populaire en fon pays, & un Roi
Patriote à la tête d'un Peuplu uni.

LETTRE III.

SUR

L'ÉTAT DES PARTIS

LORS DE L'AVENEMENT

DE GEORGE I.

LETTRE III.

Sur l'ÉTAT des PARTIS *lors de l'Avénement de* GEORGE I.

 E m'apperçois par votre Lettre, que mon difcours fur le caractere & la conduite d'un Roi Patriote, ne vous a pas entierement fatisfait, dans l'article qui a rapport à nos différens Partis. D'après les chofes que je me fouviens de vous avoir dites dans la converfation, ou qui font échappées de ma plume fur ce fujet, vous attendiez une application plus particuliere de ces raifonnemens généraux, au tems préfent, & à l'état des Partis, depuis l'avénement du dernier Roi au Trône. Le fujet eft affez délicat ; cependant je le traiterai dans l'exacte vérité

car je connois trop nos différens Partis
pour les eftimer, je fuis trop âgé pour en
avoir befoin, trop réfigné à mon fort
pour les craindre.

Quelques Anecdotes que vous ayez
oui rapporter, car vous êtes trop jeune
pour avoir été témoin de ce qui s'eft
paffé pendant le tems dont je vais parler, & quelques préventions que vous
ayez eues, prenez pour vérité indubitable, que pendant les quatre dernieres
années du régne de la Reine *Anne*, il
n'y a eu aucun projet d'éloigner de la
fucceffion, la Maifon d'*Hanover*, & de
placer la Couronne fur la tête du Prétendant, ni aucun Parti formé à ce deffein, dans le tems de la mort de cette
Princeffe, dont je refpecte trop la mémoire, pour n'être pas indigné de l'indécence avec laquelle nous l'avons vû traiter. Si on avoit formé alors un tel deffein, il y auroit eu des momens où
l'exécution n'en auroit pas été difficile,
ni affez dangereufe pour avoir arrêté les

hommes, même les plus modérés. Un
deſſein de cette nature n'auroit pas été
formé depuis ſi long-tems, quand même
il n'auroit pû être mis en exécution, ſans
laiſſer quelques traces qui auroient paru par les recherches exactes qui furent
faites, lorſque les papiers des gens attachés à la Reine furent ſaiſis, & que les
ſiens propres, ceux mêmes qu'elle avoit
deſtinés à être brûlés après ſa mort,
furent expoſés à une inſpection ſi indé-
cente ; mais laiſſant à part des argu-
mens qui ne ſont que probables, je nie
le fait abſolument, & j'ai les meilleurs
titres pour être cru, parce que ce projet n'auroit pû être formé ſans parvenir
à ma connoiſſance, ou au moins ſans
que j'en euſſe eu quelques ſoupçons ; &
parce que ceux qui l'ont cru (car tous
ceux qui l'ont affirmé ne le croyoient pas)
n'ont pû produire aucune preuve, & n'en
ont actuellement d'autres que des ſup-
poſitions vagues; ils n'ont aucune autorité
pour s'appuyer que la clameur d'un Parti.

Je ne puis pas douter qu'il n'y ait eu
des particuliers qui entretenoient des in-
telligences directes ou indirectes avec le
Prétendant, ou avec des gens attachés à
fon fervice, que ces perfonnes n'ayent
paru remplies de zéle pour lui, ne lui
ayent fait de grandes promeffes, & donné
quelques foibles efpérances, quoique
ceci ne me fût pas connu alors, ou du
moins avec la même certitude & les
mêmes détails que je l'ai fçu depuis :
mais fi cette conduite fut tenue par quelques-uns de ceux qui étoient au fervice
de la Reine, elle le fut auffi par des perfonnes qui ne lui étoient pas attachées,
& je penfe que ce fut avec peu de fincérité de part & d'autre.

Tout homme dont le cœur fera auffi
bien placé que le vôtre, Milord, trouvera fingulier, que des hommes d'un
rang diftingué, ayent tenu une conduite
fi fauffe & fi dangereufe, dont l'événement eft toujours incertain, & le plus
fouvent, ainfi que dans le cas préfent,

fur des confidérations éloignées, qu'eux-
mêmes croyoient les moins probables.
Je trouve cela étrange, moi qui ai été
répandu plus long-tems que vous dans
un monde corrompu , & qui ai vû bien
plus d'exemples de la folie , de la fourberie & de la perfidie des hommes ; mais
un grand amour des richeffes , & un mépris total pour la vertu , font des fentimens très-proches , & doivent remplir l'ame des hommes qu'ils déterminent à une duplicité fi infame , & à
trahir les deux Partis. L'un craint fi fort
de perdre fa fortune , qu'il ménage tous
les Partis pour l'affurer , ou pour l'augmenter , & pour prévenir jufqu'aux dangers imaginaires ; l'autre fait fi peu de
cas du témoignage d'une bonne confcience , & s'embarraffe fi peu des reproches
qu'il pourra effuyer de la part de ceux
qu'il a trompés , qu'il ne fait nul fcru-
pule de prendre pour l'avenir des engagemens qu'il n'a aucun deffein de garder,
s'il s'imagine qu'ils peuvent fervir au fuc

cès de son projet actuel. Ainsi se conduisirent dans cette occasion les personnes que j'ai en vûe ; mais le projet d'abolir la succession Protestante fut si loin d'être formé par la Reine, & par ses Ministres, que les mêmes personnes dont je parle, lorsqu'ils furent pressés par les Cours de Versailles & de Saint - Germain de s'expliquer plus clairement qu'ils ne faisoient, & de venir au fait, éluderent les deux propositions, & donnerent les réponses les plus vagues.

Quelques autres personnes qui ont figuré depuis dans la révolte, prirent sérieusement ces engagemens, un peu avant ou vers le tems de la mort de la Reine, ainsi que je le crois, car je n'en sçais pas exactement la date ; mais dans quelque tems que ces hommes ayent pris de tels engagemens, ils les prirent comme de simples particuliers ; ils n'étoient assurés d'aucun Parti ; ils pouvoient se nourrir d'espérances & de songes, ainsi que *Pompée*, si des gens médiocres, & de petites choses, peu-

vent être comparés avec de grandes choſes, & avec de grands hommes. Ils ne
pouvoient compter raiſonnablement ſur
d'autres troupes que ſur les Montagnards
d'*Ecoſſe*, dont on connoiſſoit en général
les diſpoſitions ; mais dont le ſoulève-
ment, s'il n'en faiſoit pas naître d'autres
& n'étoit pas ſoutenu par d'autres troupes, étoit regardé, même par ceux qui
depuis leur ont fait prendre les armes,
non comme une force, mais comme une
foibleſſe, la ruine du Peuple, & de la
cauſe ; en un mot, ces gens étoient tellement ſeuls dans leurs engagemens, &
leurs meſures étoient ſi mal combi-
nées, que lorſqu'ils prirent précipitam-
ment la réſolution d'agir, ils n'oſerent
communiquer leur deſſein à aucun homme de marque qui ait ſervi avec eux
dans ce tems ; & ce qui me le perſuade,
c'eſt qu'ils ne tenterent qu'indirectement
& de loin un homme qu'ils croyoient
porté par pluſieurs raiſons à s'unir avec
eux. Ils ne s'expliquerent jamais claire-

rément, ni au moment de la mort de la Reine, ni depuis son décès. Ils n'étoient pas encouragés à s'ouvrir davantage ; car sur cette premiere tentative , & une autre circonstance qui arriva , ce même homme , & d'autres personnes , déclarerent dans plusieurs occasions , que quoiqu'ils voulussent servir la Reine fidelement & exclusivement jusqu'à son dernier soupir , ils reconnoîtroient cependant après sa mort, le Prince à qui la succession seroit dévolue par la Loi, & à qui ils auroient prêté serment de fidélité. Cette déclaration auroit été celle de la plupart des gens du même Parti, & leur conduite ne l'auroit pas démentie, si les passions & les intérêts personnels d'un autre Parti, n'avoient pas prévalu sur les véritables intérêts d'une Maison, qui étoit prête à monter sur le Trône. Vous me demanderez maintenant, & la question ne sera pas déplacée, comment il a pû arriver , puisque la Reine & ses Ministres n'avoient aucun dessein de s'opposer à cette suc-

cession , qu'on ait eu de si violens soup-
çons, qu'on ait pris de si vives allarmes ,
& qu'une si grande clameur se soit élevée ? Je vous répondrai, que ce fut l'effet de l'étrange conduite d'un premier
Ministre , des contestations sur les négociations de la paix , & des artifices d'un
Parti.

Les esprits de quelques Ministres sont
comme le *sanctum sanctorum* d'un tem-
ple , dont j'ai lû la description quelque
part : on tiroit avec solemnité un grand
rideau , derriere lequel on n'appercevoit
autre chose qu'un groupe confus de figures mal formées , des membres difform-
mes , des têtes sans corps , des corps
sans têtes, & d'autres figures semblables.
Développer les sujets les plus compliqués,
& décider dans les matieres les plus dou-
teuses, a été le talent des grands Ministres ; celui des autres est d'embrouiller
les choses les plus simples, & d'être embarrassés par les plus claires. Aucun homme n'ambitionnoit plus de gouverner que

le Miniftre que j'ai en vûe. Il eut affez de manége & de fineffe, pour s'emparer de l'autorité, mais fes talens n'alloient pas plus loin, & perfonne n'étoit plus embarraffé que lui, fur l'application du pouvoir. Il ne vit fouvent qu'obfcurément, & d'une maniere confufe les fins qu'il fe propofa; & quand il les voyoit plus clairement, il employoit toujours des moyens qui y étoient difproportionnés : la correfpondance fecrette qu'il eut avec la Reine, qui produifit en 1710. le changement du Miniftere, qu'il avoit commencée étant Sécretaire d'Etat, & qu'il continua durant les deux années, qui s'écoulerent entre fon départ, & fon retour à la Cour, lui donna toute la confiance de cette Princeffe, le mit abfolument à la tête du parti dominant, & le revêtit de toute l'autorité, que pouvoit avoir alors un premier Miniftre, avant qu'un homme eût ofé, dans ce pays, afpirer au rang des anciens Maires du Palais de *France*. Les *Thoris* avec qui, & par

par qui il fut élevé , attendoient beaucoup de lui. Il répondit mal à leur attente ; & je pense que, malgré la conduite qu'il tint , il ne les auroit pas empêché de l'abandonner , s'il n'étoit survenu de nouveaux événemens , qui fixerent leur attention , & leur firent perdre de vûe tout autre intérêt.

La folle poursuite de *Sachevrel* * avoit porté à son comble la fureur des factions ; le dernier changement du Ministere la confirma. Ces circonstances, & plusieurs autres qui y sont relatives, & que j'obmets, auroient rendu impossible, vers la fin de ce régne, la réunion des *Whigs* & des *Thoris* , quand on auroit eu assez de bonne foi & de probité pour la desirer : elle avoit été commencée quelques années auparavant, sous le ministere de Milord *Malborough*, & de Milord *Godolphin* ; mais par l'usage ex-

* Docteur Anglican d'un génie turbulent & séditieux , à qui la Chaire fut interdite pour avoir osé prêcher *l'obéissance passive & sans bornes.*

Q

traordinaire qu'ils en voulurent faire, ils
la rompirent bien-tôt ; & avant qu'elle
eût le tems d'être bien cimentée. Les
deux partis étoient devenus de vraies factions : j'étois d'un parti, & j'avoue le crime, dont aucun homme du parti oppo-
sé, ne pourroit se disculper : ils n'avoient
que cela de commun ; car l'un étoit fortement uni, sagement conduit, & ne per-
doit point l'avenir de vûe, en s'occupant
de l'objet present ; aucun de ces avantages ne se trouvoit dans l'autre. Le Ministre n'avoit pour assurer son administration, que le parti à la tête duquel il
s'étoit emparé du pouvoir. Si au lieu de
perdre sa confiance, il avoit achevé de
la gagner, il est certain qu'il auroit pû
la tourner à l'avantage de l'intérêt national, pendant le régne de la Reine, &
depuis sa mort ; mais cette conduite étoit
au-dessus de son esprit, & de ses talens.
Il ne songoit qu'à conserver son crédit,
aussi long-tems qu'il le pourroit, par les
petits artifices qui le lui avoient acquis ;

il se croyoit en état de se soutenir par lui-même contre tous les événemens, & se mit peu en peine de ce qui pourroit en arriver à la Nation, à la Reine, & à son parti : il n'eut pas d'autre objet pendant le cours de son administration. Quelques-uns s'en apperçurent dès-lors, & tout le peuple l'a reconnu depuis. Pour remplir son projet, il amadoüa & persécuta les *Whigs*, il flata & trompa les *Thoris*, & soutint par mille petits tours d'adresse son administration chancelante. Il présentoit au parti des *Thoris* la paix, comme le terme où toutes leurs attentes seroient remplies ; il les flatoit de les élever si haut, & de fortifier si puissamment leur parti, *que l'intérêt du successeur à la Couronne, seroit plûtôt d'être bien avec eux, que le leur ne seroit d'être bien avec lui.* Il employa souvent ces expressions, ou d'autres de pareille nature ; & je crois qu'elles furent interprétées, comme les Oracles l'étoient autrefois, suivant les inclinations de chaque personne.

Les difputes qui s'éleverent bientôt
après, par la vive oppofition aux négociations de la paix, favoriferent la conduite du Miniftre, & le mirent en état
d'amufer, & de baffouer un peu plus
long-tems fon parti ; mais elles cauferent
à la *Grande Bretagne*, & à toute l'*Europe*,
des maux infinis, & prefque irréparables.
Elles engagerent la Maifon d'*Hanover*
dans nos divifions, mal-à-propos à ce
qu'il me femble, & d'une façon qui devoit déplaire à la Nation ; car quoique
les deux partis prétendiffent avoir également fon intérêt à cœur, cependant
l'intérêt national étoit fans contredit l'objet d'un parti ; & l'autre fervoit fi évi-
damment les intérêts de l'Empereur, des
Princes de l'Empire, & particulierement
des *Hollandois*, que le fucceffeur à la Couronne, quoiqu'il fût un Prince Allemand,
auroit dû en bonne politique, affecter
au moins l'apparence de quelque neutra-
lité. Les moyens qu'on employa ouvertement pour rompre les mefures de la

Reine, furent indécens, & ne peuvent
être juftifiés. Ceux qu'on employa, ou
qu'on projetta fecrétement, furent encore pires. Les Miniftres d'*Hanover*, dont
je puis librement cenfurer la conduite,
parce que le dernier Roi ne l'a point ap-
prouvée, eurent tant de part aux premiers
moyens, qu'ils furent foupçonnés d'a-
voir trempé dans les autres : les *Whigs*
defiroient ardemment de perfuader que
le fucceffeur étoit de leur choix, fi je
puis répéter une expreffion infolente dont
on fe fervoit alors. Cette opinion leur
donnoit de la confidération, & quoiqu'elle ne pût juftifier leur oppofition,
elle y donna au moins quelque force. Les
Jacobites infinuoient adroitement la même chofe ; ils repréfentoient que l'établiffement de la Maifon d'*Hanover* feroit l'établiffement du parti des *Whigs*,
que les intérêts de la *Grande Bretagne*
feroient facrifiés conftamment à des intérêts étrangers, & que pour les foutenir, les richeffes de la Nation feroient

épuiſées : je vous laiſſe à juger l'impreſſion que de telles exagérations dûrent faire dans cette circonſtance , & dans un moment où les eſprits étoient dans une ſi grande fermentation. Je ne penſe pas qu'elles ayent déterminé au *Jacobitiſme* ; mais je ſçais qu'elles dégoûterent pluſieurs perſonnes de la Maiſon d'*Hanover*, & que ceux qui ſe déterminerent à la laiſſer ſuccéder , regarderent ſon avénement au trône, plûtôt comme un mal néceſſaire , que comme un bien dont ils euſſent le choix.

Suivant mes obſervations, tel étoit l'état d'un parti , & cet état étoit bien étrange ; les conſéquences en furent prévûes & prédites. On fit pluſieurs repréſentations au Miniſtre, mais toujours ſans ſuccès, & quelquefois ſans en obtenir de réponſe. Il eut pour ſon compte quelques intrigues particulieres à la Cour de *Hanover* ; il en eut à celle de *Bar* ; il fut la dupe de l'une , le Prétendant le fut de l'autre. Tout ſon manége n'avoit d'au-

tre objet que d'entretenir dans le Parti
une indécision générale sur la succession ;
ce qui fit qu'un homme d'un grand sang
froid lui dit avec chaleur : » Qu'il croyoit
» qu'aucun autre Ministre, à la tête d'un
» Parti puissant, ne vaudroit mieux à *Ha-*
» *nover*, à moins que son intention ne fût
» d'être encore pire que lui en *Angleterre*.

Voici quelle étoit la situation de l'autre Parti. Les *Wighs* avoient paru zélés
pour la succession Protestante, dès le
tems que le Roi *Guillaume* la proposa,
après la mort du Duc de *Glocester*. Les
Thoris y donnèrent alors leur voix, & con-
coururent à une partie des actes que le
Parlement jugea nécessaires pour l'assurer. Cependant ils ne se conduisirent pas
de façon à faire croire qu'ils la desi-
rassent bien vivement : le Roi *Guillaume*,
ne s'étoit déterminé à cette démarche,
que lorsqu'il eut éprouvé, que c'étoit la
seule qui fût sûre & pratiquable, & les
Thoris eurent l'air de s'y prêter par cette
unique raison ; car il est certain qu'il y

avoit alors dans le parti des *Thoris*, une plus grande fémence de *Jacobitifme*, que dans le tems dont nous parlons.

Jufques-là les *Whigs* agirent comme un parti national, qui croit que la Religion & la liberté, ne peuvent pas être affurées par un autre moyen; c'eft pourquoi ils adhérerent à cet établiffement de la Couronne, avec le zéle le plus grand. Mais ce parti national dégénera bien-tôt en faction, c'eft-à-dire, que l'intérêt national devint un fecond intérêt; la fucceffion fut foutenue plus pour l'intérêt du parti & de la faction, que pour celui de la Nation; & les *Whigs* avoient moins en vûe d'affermir l'établiffement de la famille actuellement régnante, que de maintenir leur propre adminiftration. Ceux qui ne fe laiffent point étourdir par le bruit, ni éblouir par les apparences, virent bien vers la fin de ce régne, quel étoit leur but; & depuis le décès de la Reine *Anne*, leur projet a été reconnu généralement. L'art des *Whigs* étoit de

mêler, auffi indiftinctement qu'ils le pouvoient, l'intérêt de leur Parti, avec celui
de la fucceffion, & ils firent du prétendu
danger de la fucceffion Proteftante, le
même ufage factieux, que les *Thoris* s'é-
toient efforcés de faire quelque tems auparavant, du danger fuppofé de l'Eglife;
de même qu'on n'eft pas réputé Chré-
tien au-delà des *Alpes* & des *Pyrennées*,
fi l'on ne reconnoît l'autorité fuprême du
Pape, on ne fut réputé ici Partifan de la
fucceffion Proteftante, qu'en reconnoif-
fant fa fuprématie. L'intérêt de la famille
Royale d'aujourd'hui étoit de fuccéder
fans oppofition, fans rifque, & de monter
au Trône dans un tems calme. L'intérêt
d'un des Partis étoit qu'elle n'y parvînt
que dans un tems d'orage : en conféquence, les *Wighs* furent fur le point d'exécuter quelques projets de révolte, auffi infâ-
mes qu'extravagans, fous prétexte d'affurer une fucceffion, à laquelle perfonne
ne fe propofoit d'apporter d'obftacle.
Heureufement ces deffeins avorterent,

& furent trop bien connus pour réuffir; car ils auroient eu les fuites les plus funeftes. L'orage, qui ne put éclater pour troubler l'avénement du feu Roi, ne fut que différé. Un Parti dont tout l'objet étoit de s'emparer du gouvernement & des richeffes de la Nation, avoit trop befoin d'exciter une tempête, qui éloignât tous ceux d'un autre Parti, pour qu'elle ne fût point élevée, à quelque prix que ce fût; auffi le fut-elle immédiatement après l'avenement du feu Roi. Il parvint au Trône aifément & tranquillement, & prit poffeffion du Royaume avec auffi peu de peine qu'il auroit pû l'efpérer, s'il eût été non-feulement le fucceffeur naturel de la Reine, mais fon fils. La Nation entiere fe foumit avec plaifir à fon gouvernement, & tant qu'il laiffa en place les gens attachés à la Reine, ils remplirent le devoir de leur Charge, de façon à mériter fon approbation. Cela fut fignifié à quelques-uns, particulierement aux Sécretaires d'Etat, dans les termes les plus forts, & fuivant les ordres exprès de Sa Majesté.

Je crus bien alors que le nouveau Roi donneroit principalement sa confiance & l'autorité au Parti des *Wighs*, & tout le monde le pensoit ainsi, excepté le Comté d'O ****, qui croyoit, où avoit envie de faire croire, qu'il auroit beaucoup de crédit sous le nouveau régne ; mais il n'étoient pas possible d'imaginer qu'on livreroit sur le champ à la fureur d'un Parti, & qu'on persécuteroit si cruellement, les gens attachés à la Reine, qui n'étoient certainement coupables d'aucun crime, contre le Roi, ni contre l'Etat, & on ne devoit pas s'attendre à voir proscrire, tout homme qui ne porteroit pas le nom de *Wigh*. Les Princes ont souvent oublié à leur élévation au Trône jusqu'aux injures personnelles qu'ils ont reçues dans des querelles de Parti : ce fut ainsi que *Louis XII.* Roi de *France*, répondit à ceux qui vouloient lui persuader de punir M. de la *Tremouille* : » A » Dieu ne plaise, que *Louis XII.* venge

» les injures faites au Duc d'*Orleans!* «
D'autres Princes qui, les armes à la main,
se sont frayé le chemin au Trône, non-
seulement ont montré de la clémence,
mais ont accordé leur faveur à ceux qui
avoient combatu contre eux. Je pourrois citer encore la conduite d'*Henri
IV*. Roi de *France*; mais pour prendre un
exemple dans notre pays, considérons
ce qui s'est passé depuis 1641. jusqu'en 1660. remontons au rétablissement
de *Charles II.* & comparons les mesures
qu'on lui conseilla de prendre pour l'éta-
blissement de son gouvernement, dans
les circonstances où il se trouvoit alors,
avec celles qu'on a conseillées au dernier Roi, dans les tems dont je viens de
parler, & qu'il a suivi contre son sentiment, son inclination, & sa premiere ré-
solution.

Si le Prétendant a eu un Parti assez
fort pour paroître & pour agir, c'est
uniquement à ces mesures violentes, &
imprévûes, qu'on doit l'attribuer; elles

feules ont produit les troubles qui ont
fuivi , & ont teint de fang l'hermine
Royale d'un Prince qui n'étoit nullement
fanguinaire. Je fuis bien éloigné de penfer que la violence d'un Parti puiffe ex-
cufer la révolte d'un autre ; mais je ne
puis me refufer de faire deux obfervations fur cet événement ; l'une , que la
maniere dont cette révolte commença ,
montre clairement que ce fut un empor-
tement fubit de gens pouffés à bout par
le reffentiment , & nullement l'exécution
d'un deffein prémédité , & long-tems préparé. Je remarquerai enfuite que l'Hiftoire ne produit peut-être point d'exemples de ce qui eft arrivé dans cette occafion , que les mêmes hommes qui , dans
le même pays & dans le cours de la même année , furent prêts de prendre les
armes contre un Prince , fans aucun intérêt national , ayent pû engager enfuite
par la violence de leurs confeils , la faction oppofée à fe révolter ouvertement ,
contre le fucceffeur de ce Prince.

C'eſt ce qui doit arriver, lorſqu'on maintient les diviſions dans une Nation, & qu'on gouverne par des factions. Je pourrois deſcendre dans le détail des ſuites funeſtes, qu'ont eues les premieres fauſſes démarches, qu'on avoit faites en formant le préſent établiſſement, ſur le fondement peu ſolide d'un Parti; mais je remarque que ce diſcours devient trop loin, que j'ai déja parlé de ces conſéquences malheureuſes, & que j'aurai encore occaſion d'en parler ailleurs; vos propres réflexions ſur ce qui a été dit, ſuppléront de reſte à ce que j'ai négligé de dire ſur ce ſujet. Je concluerai donc, en répétant que la diviſion ayant cauſé tous les maux dont nous nous plaignons, l'union peut ſeule les réparer; un grand pas vers cette union, ſeroit la jonction des Partis, ſi heureuſement commencée, conduite avec tant de ſuccès, & en dernier lieu négligée d'une façon incompréhenſible, pour ne rien dire de plus. J'ajouterai qu'on ne peut jamais eſpérer l'u-

nion complette de la tête avec les membres , & celle des membres entre eux ,
jufqu'à ce que le Patriotifme rempliffe le
Trône , & que la faction foit bannie de
l'adminiftration.

F I. N.

www.ingramcontent.com/pod-product-compliance
Lightning Source LLC
Chambersburg PA
CBHW070454030726
47503CB00004B/1031